DREAMBOOKS

신화의 전장

dream
books
드림북스

신화의 전장 5

초판 1쇄 인쇄 2019년 1월 30일
초판 1쇄 발행 2019년 2월 20일

지은이 박정수
발행인 오영배
편집 편집부
일러스트 엑저
본문편집 오정인
제작 조하늬

펴낸 곳 (주)삼양출판사 · 드림북스
주소 서울시 강북구 도봉로 173
대표 전화 02-980-2112 **팩스** 02-983-0660
편집부 전화 02-987-9393 **팩스** 02-980-2115
블로그 blog.naver.com/dreambookss
출판등록 1999년 3월 11일 제9-00046호

ⓒ 박정수, 2019

ISBN 979-11-283-9408-9 (04810) / 979-11-283-9403-4 (세트)

+ (주)삼양출판사 · 드림북스의 서면 허락 없이는 어떠한 형태나 수단으로도 이 책의 내용을 이용하지 못합니다.
+ 지은이와 협의하에 인지는 생략합니다. 잘못된 책은 구입한 곳에서 바꾸어 드립니다.
+ 이 도서의 국립중앙도서관 출판시도서목록(CIP)은 서지정보유통지원시스템홈페이지(http://seoji.nl.go.kr)와
  국가자료공동목록시스템(http://www.nl.go.kr/kolisnet)에서 이용하실 수 있습니다. (CIP제어번호: 2019002480)

드림북스는 (주)삼양출판사의 판타지 · 무협 문학 브랜드입니다.

신화의 전장

5

MODERN FANTASY STORY & ADVENTURE

박정수 현대판타지 장편소설

dream
books
드림북스

목 차

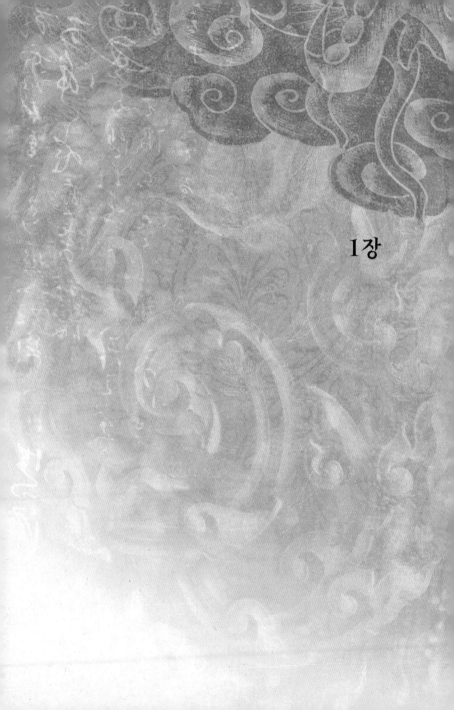

1장

톡톡톡—

박현은 의자 팔걸이를 손가락으로 두들기고 있었다.

고민에 잠긴 박현은 뭔가 못마땅한 듯 미간을 찌푸렸다.

'꼬리를 잡았는데, 몸통은 보이지 않으니…….'

김말자.

그녀의 흔적은 잡았는데 행적을 찾을 수 없었다.

국정원도, 신비선녀도, 그리고 일청파도.

'어딘가에 구멍이 있어.'

한숨이 절로 나왔지만 박현은 내쉬지 않았다.

'어쩌면 모두가 구멍일지도.'

스멀스멀 기어오르는 불안감을 다시금 떠올렸다.

'이들이 아닌 이를 찾아야……'

고민하던 박현이 눈을 반짝이며 떴다.

그리고는 어디론가로 전화를 걸었다.

*   *   *

한적한 주택가, 따스한 햇살이 내리쬐는 자그만 커피숍.

딸랑—

경쾌한 문종 소리에 어울리지 않게 어둡고 칙칙한 분위기를 한껏 발산하는 여인이 안으로 들어왔다.

그녀는 바로 전매귀 이선화였다.

움츠러든 어깨에 피곤에 절어 다크서클마저 진하게 내려온 얼굴, 아무렇게나 흘러내린 머리카락은 보는 사람으로 하여금 멈칫 반걸음 떨어져 외면하게 만드는 몰골이었다.

그러고 보니 대낮에 그녀를 본 건 처음이었다.

그녀를 바라보는 박현의 눈에 측은함이 담겼다.

스쳐 지나가는 이라면 박현도 다른 이들처럼 눈살을 찌푸렸을지 모르겠지만 그녀의 속사정을 알기에 딱한 마음이 들었다.

"이렇게 불편할 줄 알았으면 다른 장소로 정할 걸 그랬군. 미안하다.”

불안하게 주변의 눈치를 살피던 이선화는 고개를 저었다.

“아니에요. 덕분에 햇살도 보고…….”

바로 앞에 앉아 있음에도 귀를 귀울여야 할 만큼 여전히 그녀의 목소리는 작았다.

“왜인지 모르겠지만 박현 님 곁에 있으면 편해요.”

이선화는 처음 커피숍에 들어설 때보다 한결 편안해진 모습이었다.

“……?”

“귀신들이 목소리를 죽이거든요.”

이선화는 입가에 어색한 미소를 지어 보였다.

박현은 그 이유를 조금은 알 것 같았다.

자신의 진실된 힘 때문이 아닐까 싶었지만 딱히 내색하지 않았다.

“보자 한 이유가 있어.”

“이유요?”

“부탁 하나 좀 할까 해서.”

이선화의 어깨가 축 처졌다.

“좀 어려울 수 있어.”

그러거나 말거나 박현은 자신의 본론을 꺼냈다.

“마, 많이 어려운가요?”

"사실 어렵다기보다 귀찮은 일에 더 가까울 거야."

"대, 대신⋯⋯."

"대신?"

"⋯⋯부탁이 있어요."

이선화는 마치 불안 장애를 가지고 있는 사람처럼 치맛자락을 양손으로 꾸깃꾸깃 비비며 힘들게 입을 열었다.

"말해."

"⋯⋯저."

이선화는 쉽게 입을 열지 못하고 몇 번이나 인내심을 가져야 할 만큼 머뭇거렸다.

"⋯⋯."

박현은 조용히 아메리카노를 마시며 그녀가 입을 열 때까지 기다려 주었다.

"⋯⋯박현 님의 체취가 담긴 물건 하나만 주, 주세요."

"음?"

처음에는 잘못 들은 줄 알았다. 하지만 간절한 이선화의 눈빛을 보니 자신이 잘못 들은 게 아니었다.

자신을 좋아해서 저러는 것도 아니고.

'아!'

간절한 그녀의 눈빛을 보니 알 것 같았다.

"저, 저, 그게⋯⋯."

얼굴이 벌게진 이선화는 당황한 듯 연신 입을 열었지만 그럴수록 말은 점점 더 꼬여 갔다.

"설명하지 않아도 돼. 어려운 것도 아니고, 주지."

그 말에 이선화의 얼굴에 환한 미소가 그려졌다.

'안타깝군.'

그 미소에 박현은 숨겨진 그녀의 미모를 알아차렸다.

평범하게 태어났으면 뭇 남성들의 인기를 한 몸에 받으며 나름 행복하게 살았을 텐데.

"……제가 할 일은 뭔가요?"

박현은 품에서 사진 한 장을 꺼내 그녀에게 내밀었다.

이선화는 눈을 껌뻑이며 사진과 박현을 번갈아 쳐다보았다.

"네가 생각하는 그런 거 아니야. 하지만 꼭 찾아야 할 사람이야."

박현의 말에 이선화는 이마에 옅은 주름을 만들어 냈다.

이건 숫제 모래사장에서 바늘 찾기다.

이선화는 거절할 생각으로 박현을 보았다가 그의 이글거리는 눈빛에 움찔했다.

"나도 힘들다는 거 잘 알아. 하지만 나에게 중요한 일이야. 어떻게 안 될까?"

박현은 조금 강압적인 목소리로 재차 부탁했다.

"……호, 혼자서는 힘들어요."

이선화는 잠시 생각하더니 다시 입을 열었다.

"흠."

"다른 이의 힘이 필요해요."

"누구지?"

"박현 님도 아시는 이예요. 백화, 그분의 힘이 필요해요."

"백화, 그 백여우?"

박현의 얼굴이 묘하게 일그러졌다.

백화, 도술에 능하며 모든 남성에게 사랑에 빠진다는 백여우. 문제는 그 옆에 붙어 있는 짝이었다.

지귀심화, 지화.

무식한 불덩이 주제에 백여우에 지고지순하다.

미친 커플을 떠올리니 머리가 다 지끈거렸다.

"꼭 그녀야 하나?"

박현은 미간을 좁히며 물었다.

"추적술에는 제가 도움을 받을 수 있는 이 중에 그녀가 최고예요."

"끄응."

박현은 앓는 소리를 내뱉었다.

"다른 이는 안 될까?"

박현의 물음에 이선화는 고개를 저었다.

딸랑—

경쾌한 문종 소리와 그보다 더 경쾌한 목소리의 주인이 커피숍 문을 열고 안으로 들어왔다.

"어머, 동생 오랜만이야."

속옷이 훤히 비치는 시스루 의상을 입은 백여우, 백화가 안으로 들어와 이선화를 뒤에서 살짝 끌어안았다.

"오, 오셨어요?"

이선화는 사람들의 시선이 부끄러운지 얼굴이 빨갛게 물들었다.

"어머! 이게 누구야?"

이선화를 뒤에서 끌어안은 백화가 박현을 보자 눈을 동그랗게 떴다.

박현은 어색한 미소를 지으며 고개를 살짝 숙였다.

"오랜만입니다."

"오랜만이네요."

무난한 인사에 박현은 속으로 안도의 한숨을 내쉬었다.

백화가 요즘 어떤 남자에게 빠져 있다고 하더니 자신에 대한 감정은 잊은 모양이었다.

"지화 님도 오랜만입니다."

"그래."

지귀심화, 지화는 인사를 받는 둥 마는 둥 백화 옆에 달싹 붙어 오로지 그녀에게만 신경을 쏟고 있었다.

"나 왜 부른 거야?"

백화는 박현을 슬쩍 일견하며 이선화에게 물었다.

"내가 불렀습니다."

박현.

"⋯⋯?"

백화는 묘한 눈빛으로 박현을 보며 팔짱을 꼈다. 팔짱을 낀 팔 위로 그녀의 가슴이 도드라지게 드러났다. 의도한 건지 아니면 천성이 이렇게 타고난 건지는 모르겠지만 확실히 남자의 마음을 흔들기에 충분했다.

"야이, 썅. 눈 안 깔아?"

지화가 눈을 부라렸다.

박현은 고개를 저으며 백화에게 본론을 꺼냈다.

"사람을 한 명 찾으려 합니다."

"사람?"

지화는 콧소리를 섞어 반문했다.

"저기⋯⋯."

이선화가 한 장의 사진을 그녀 앞으로 내밀었다.

"누구야? 이 잡년은?"

지화는 사진 속의 김말자를 잠시 쳐다보고는 흥미를 잃었다는 듯 코웃음을 쳤다.

"그걸 알 필요는 없고, 도와주실 수 있겠습니까?"

"도와주는 건 어렵지 않은데……."

　백화는 턱을 괴고 박현을 쳐다보며 말꼬리를 흐렸다.

"도와주면 나에게 뭘 줄 거야?"

　백화는 빙그레 웃으며 물었다.

"이거 참."

　박현은 검지로 뺨을 긁었다.

"원하는 게 있습니까?"

"없어."

　박현의 물음에 백화가 싱긋 웃으며 말했다.

"없어, 라……."

　박현은 백화의 말에 피식 웃음을 터트렸다.

　그 웃음은 한없이 차갑게 변해 있었다.

"내가, 아니 본인이 아직 인간의 규범에서 벗어나지 못했군. 순진했어."

　박현은 백화를 보며 하얀 이빨을 드러냈다.

　솨아아아아아아아―

　박현의 몸에서 엄청난 살기가 끓어올랐다.

"이면은 오롯이 힘이 우선인데, 내가 그만 인간들의 규범에 맞춰 예의를 갖추고 말았군."

"지, 지금 뭐하는 거예요?"

백화는 느릿느릿하지만 확실하게 사방으로 퍼져 가는 살기에 당황하며 애써 소리를 죽였다.

"백화가 이면에서 상당히 골치 아픈 존재라지? 이 소란이 일면 어떻게 될까?"

느릿느릿하던 살기가 갑자기 미쳐 날뛰는 망아지인 양 급격히 세를 불렸다.

"히익!"

백화는 재빨리 수인[1]을 그려 손에 도력을 담아 탁자를 내려쳤다.

두우우우우웅─

마치 사찰의 부드러운 타종 소리처럼 은은한 소리가 탁자를 중심으로 뒤덮었다.

사방으로 퍼져나가던 짙은 살기가 백화가 만들어낸 반원에 갇혀 더 이상 뻗어 나가지 못했다.

"너 이 새끼!"

지화가 자리에서 벌떡 일어났다.

박현은 그런 지화를 올려다보며 피식 웃음을 터트렸다.

"웃어?

지화, 지귀심화는 백화에게 눈치를 줬다.

"어쩌면 자기는 내 생각을 이리도 잘 알까?"

백화는 도력이 담긴 손을 다시 재빠르게 움직여 새로운 도술을 이끌어냈다.

스스스스—

일행을 뒤덮고 있던 반원이 투명하게 바뀌었다.

반원이 투명하게 바뀐 것이 아니라 일행들 자체를 투명하게 바꿔놓은 것이었다.

즉, 사람들의 시야에서 일행들을 지워버린 것이었다.

물론 자연스럽게 최면을 섞어 자연스럽게 주변 일반인들의 시선을 차단한 건 덤이었다.

화르르륵!

지화는 지귀심화답게 양손에 불을 가득 담으며 박현을 향해 한 걸음 다가갔다.

"안 그래도 저번에 마음에 안 들었는……."

"크하아아아앙!"

박현은 앉아 있던 의자를 뒤로 던지듯 자리에서 일어나며 바로 진체를 드러냈다.

"컥!"

그리고는 일격에 지화의 머리를 후려치며 바닥으로 내리꽂았다.

"이 새……."

박현은 온몸에 불을 두르며 위로 튀어 오르려는 지화의 머리를 다시 후려쳐 바닥에 내리꽂았다.

　퍼버버벅!

　이어서 바닥에 쓰러진 지화의 머리를 연신 주먹으로 후려쳤다.

　"끄윽!"

　그의 몸을 뒤덮고 있던 불은 마치 물을 뒤집어쓴 모닥불처럼 치칙— 하는 소리와 함께 꺼졌다.

　"크르르르르."

　박현은 고개를 돌려 백화를 쳐다보았다.

　"히끅!"

　백화는 박현과 눈이 마주치자 딸꾹질을 했다.

　그러고 보니 거석이 저 녀석에게 맞아 반 폐인이 되었다는 풍문이 얼핏 떠올랐다. 거기에 보상 최가와의 싸움도 떠올랐고.

　『좀 도와줄 수 있을까?』

　박현의 물음에 백화는 재빨리 고개를 끄덕였다.

*　　*　　*

　"흐음."

김말자의 집에 들어서자 백화는 날카로운 눈빛으로 집 안을 살폈다. 지화는 그런 백화의 뒤에서 마치 그녀를 호위하듯 바싹 붙어 있었다.

박현은 현관 쪽에서 팔짱을 끼고 조용히 그녀를 지켜보고 있었다.

당연히 백화 곁에 서 있던 지화와 박현의 눈이 마주쳤고, 지화는 조용히 고개를 돌려 박현의 시선을 피했다.

"쯧."

집 안을 샅샅이 훑은 백화는 혀를 차며 장롱을 열었다.

장롱 안을 훑던 백화의 눈이 한순간 반짝였다.

그녀가 장롱 안에서 꺼내 든 것은 김말자가 미처 챙기지 못한 옷가지였다.

백화는 박현을 향해 옷가지를 흔들며 씨익 웃었다.

그리고는 옷가지를 거실 중앙에 내려놓고 그 주변을 빙글빙글 돌며 끊임없이 중얼거리며 수인을 새겼다.

그러자 옷가지가 들썩거리기 시작했다.

백화는 옷의 주인이 남긴 사념[2]에 자의를 불어넣고 있었다.

『크핫!』

들썩거리던 옷가지가 사방으로 풀풀 날리며 귀곡성을 내뱉었다.

그 순간 백화의 입에서 그에 못지않은 귀성이 흘러나왔다.

"옴 이베이베 이야 마하 시리예사바하……."

백화는 이어서 #관세음보살 42수주 진언(四十二手呪 眞言)[3] 중 귀신을 굴복시키는 바아라수 진언(跋折羅手 眞言)을 읊으며 도력을 옷가지 사념에게 쏘았다.

스하아아아—

사방으로 미친 듯 날뛰던 옷가지가 서서히 얌전해지며 바닥으로 내려앉았다. 하지만 간간이 들썩이는 것이 완전히 제압되지는 않아 보였다.

"옴 두나 바즈라 하……."

백화의 도력이 한결 부드러워지는 동시에 그녀의 진언도 바뀌었다.

백화는 촉루장수 진언(觸髏杖手眞言)으로 사념을 달래는 동시에 뜻을 사로잡았다.

도력이 옷가지에 스며들자 옷가지는 마치 한 마리 강아지처럼 백화의 주변을 마구 맴돌며 애교를 부렸다.

"아이구, 착하다."

백화는 귀여운 강아지를 보는 듯 옷가지를 쓰다듬으며 말을 걸었다.

"너의 주인을 찾아 줄래?"

백화가 묻자 옷가지는 마치 고개를 끄덕이는 듯 옷가지 한 부분을 끄덕거렸다.

"네가 그토록 원하던 모습으로 만들어 주마."

백화는 양손에 도력을 담아 옷가지를 쓰다듬으며 둔갑술로 옷가지를 한 마리 강아지로 변신시켰다.

"왈왈왈!"

강아지로 변한 사념은 신이 난 듯 거실을 뛰어다녔다.

"그럼 주인을 찾아 줄래?"

이어진 백화의 부탁에 강아지는 창문을 넘어 밖으로 튀어나갔다.

그게 시작이었다.

박현과 백화는 축지로, 지화는 화염비행으로, 이선화는 삼족구를 타고 사념으로 만들어진 강아지를 쫓았다.

강아지는 서울 일대를 돌고 돌아 북한산으로 향했다.

'북한산?'

북한산으로 오르던 강아지는 어느 순간 방향을 잃은 듯 낑낑거리며 주변을 맴돌았다.

박현은 고개를 들어 주변을 둘러보았다.

울창한 수풀 사이로 저 멀리 단아한 사찰의 기와가 눈에 들어왔다.

'사찰이라.'

"삼천사야."

백화.

"삼천사라."

박현은 삼천사 기와를 유심히 쳐다보았다.

그러자 고요한 삼천사에서 거대한 기운이 느껴졌다.

"흠."

묵직한 기운에 박현은 낮은 신음을 토해냈다.

"내가 할 수 있는 건 여기까지야."

백화의 말에 박현은 고개를 돌려 이선화를 쳐다보았다.

이선화의 표정이 어두웠다.

"불법이 강해 살펴볼 수 있는 곳이 별로 없어요."

박현은 다시 삼천사를 쳐다보았다.

불교와 귀신은 상극인 법.

"일단 할 수 있는 데까지만 부탁하지."

"네."

이선화는 삼족구를 꼭 끌어안으며 몸에서 귀신을 풀어헤
쳤다.

『네, 이년…….』

망자이자 악귀로 변한 그녀의 어머니가 이선화를 향해
독설을 퍼부으려 할 때였다.

"시끄럽다."

박현은 목소리에 신력을 담았다.

평온한 목소리였지만 그 안에 담긴 신력은 그의 어머니의 혼을 뒤흔들기에 충분했다.

『히익—.』

그녀는 박현의 신력에 기겁하며 어디론가로 사라졌다.

어머니가 몸을 숨기자 이선화는 복잡한 눈으로 박현을 쳐다보았다. 그도 그럴 것이 그녀의 괴로움은 사라졌지만 사랑하는 어머니의 괴로움은 또 다른 괴로움으로 다가왔기 때문이었다.

"다칠 정도는 아니다."

"알아요. 고맙지만 고맙다는 말은…….."

"안 해도 돼. 부탁한 거나 잘 들어줘."

"……알았어요."

이선화는 고개를 끄덕인 후 귀신들에게 속삭이듯 명령을 내렸다. 그 명령에 수십의 귀신들이 사방으로 흩어졌다.

귀신들이 모이고 흩어지기를 수차례.

이선화의 얼굴과 몸은 땀으로 흠뻑 적셔져 갔다.

"……하악."

이선화의 무릎이 꺾이며 바닥에 주저앉았다.

"어, 없어요."

이선화는 힘겹게 상체를 일으키고는 박현을 쳐다보며 고개를 저었다.

"없는 거야, 아니면 못 찾는 거야?"

"둘 다요. 제가 볼 수 있는 곳에서는 찾을 수 없었어요."

"흠."

박현은 고개를 돌려 은은한 기운을 간직한 삼천사를 쳐다보았다.

유달리 삼천사가 눈에 들어왔다.

'삼천사라……. 무당이니 절에 갔을 수도…….'

짐작은 왜인지 점점 확신처럼 느껴졌다.

"모두들 수고했어."

박현은 몸을 날려 삼천사로 향했다.

사박— 사박— 사박—

박현은 나뭇가지를 밟으며 삼천사 사찰 전경이 내려다보이는 거목 위에 앉았다.

삼천사 내부는 뭔가 부산하면서도 경건했다.

많은 신자들이 슬픈 표정을 짓고 있었다.

환하게 웃고 있는 노스님의 사진이 보이는 것으로 보아 입적(入寂)[4]을 한 모양이었다.

이렇게 많은 불자들이 모였으니 그들이 만들어 낸 정광의 기운 또한 클 터.

다행히 불법의 기운은 그다지 박현을 움츠러들게 하거나 위해 입히지 않았다.

박현은 삼천사 경내로 조용히 스며들었다.

슬픔이 장엄할 수 있다는 것은 박현에게 나름 신선한 충격이었다.

박현은 고개를 돌려 환하게 웃고 있는 이름 모를 노스님의 영정 사진을 잠시 올려다보았다.

인연은 없지만 왜인지 짧게나마 명복을 빌어야 할 것만 같은 분위기에 짧게 명복을 빈 후 빠르게 삼천사 중심으로 걸어가며 사람들을 살폈다.

그렇게 대웅전에 가까워지자.

스하아아아아—

박현의 표정이 딱딱해졌다.

대웅전 쪽에서 어마어마한 기운이 느껴졌기 때문이었다.

그 크기가 가늠이 안 될 정도로 거대한 힘.

그 힘에 박현은 자신도 모르게 신력이 꿈틀거렸다.

스스슷—

찰나였지만 그 기운에 승려 한 명이 박현 곁으로 모습을 드러냈다.

"나무관세음보살."

승려는 합장으로 인사를 건넸다.

"길을 잃으신 듯하온데, 이면의 분들은 이쪽입니다."

승려는 몸을 틀어 대웅전으로 들어서는 중문을 가리켰

다. 일반 참배객들이 드나들지 못하도록 서너 명의 승려들이 자리를 지키고 있었다.

'흠.'

중문을 통해 흘러나오는 기운에 박현은 조용히 침음성을 삼켰다.

이름 모를 젊은 승려에게서 이면이라는 단어가 흘러나왔다. 또한 그에게서도 은은한 불법의 기운이 느껴졌다. 열반에 든 노스님은 일반적인 구도자가 아닌 듯싶었다.

검계 불문의 노승인 모양이었다.

승려의 안내를 받자니 안면도 없는 문상객이 되는 건 물론이요. 더불어 저 안에서 느껴지는 기운도 상당히 부담스러웠다.

하지만 안 갈 수는 없었다.

저곳에 김말자가 숨어 있을 수도 있으니.

"감사합니다."

박현은 부드러운 미소를 지으며 젊은 승려가 안내한 곳으로 걸음을 옮겼다.

"……."

대웅전 마당으로 들어서니 마치 심해에 잠긴 듯 불법의 기운이 가득 차 있었다.

불법의 기운은 바로 여러 승려들이 법당 안에서 읊고 있는 불경 소리에 의한 것이었다. 불경 소리가 만들어 낸 불법의 기운은 답답하지만 한편으로 포근하기도 하였다.

박현은 문들이 활짝 열린 대웅전 안을 잠시 쳐다보다가 마당 한편에 세워진 임시 천막으로 눈을 돌렸다.

'신비선녀?'

천막 아래에는 삼십여 명이 있었는데 그곳에 신비선녀가 박수무당 조완희와 함께 자리하고 있었다. 박현은 재빨리 담이 만들어 낸 그림자로 몸을 숨겼다.

언뜻 보면 아무 이상 없는 장면이었다.

무문을 대표하는 그녀가 검계 불문 고승의 열반식에 참석하는 건 당연한 일.

하지만 너무나도 공교롭다.

조완희의 부탁으로 김말자의 뒤를 쫓은 신비선녀.

삼천사가 내려다보이는 곳에서 흔적이 끊긴 김말자.

"어? 형님?"

깊은 생각에 잠긴 박현 앞으로 망치 박이 불쑥 나타나며 허리를 넙죽 숙였다.

"안녕하셨습니까?"

'하필.'

박현의 눈살이 살짝 찌푸려졌지만 이내 그는 표정을 지웠다.

"여긴 어쩐 일로……, 아차차! 저희 할아버지입니다."

박현은 망치 박의 말에 그의 뒤에 서 있는 노년과 중년인 중간쯤으로 보이는 사내를 쳐다보았다.

검게 그을린 피부에 자글자글하게 패인 주름, 뿌옇게 변한 짧은 스포츠머리.

전형적으로 세월의 풍파를 온몸으로 이겨낸 이의 모습이었다.

전반적으로 단단한 인상이었다.

'흠.'

무엇보다 인상과 어울리는 묵직한 기운이 그에게서 느껴졌다.

"할아버지라 하시면……."

"나 농문 충주 박가의 석기라 하네."

"박현이라고 합니다."

박현은 허리를 살짝 숙이며 인사했다.

"왜 전에 제가 말씀을 드렸던……."

딱!

충주 박가 가주인 박석기는 망치 박의 뒤통수를 딱 때렸다.

"악!"

"할애비 아직 안 늙었다, 이놈아."

"그렇다고 뒤통수를 때릴 필요는 없잖아요."

박석기 가주는 다시 망치 박의 뒤통수를 후려쳤다.

당연히 망치 박은 허리를 뒤틀어 그의 손을 피하려 했지만.

딱!

박석기 가주의 손의 궤적이 비틀어지며 다시 정확하게 망치 박의 뒤통수를 한 대 후려쳤다.

"희선아, 그만해라. 남들 보기……, 읍읍!"

서른 중반으로 보이는 사내가 망치 박을 말렸다.

망치 박은 순간 유령이라도 된 것처럼 서른 중반의 사내에게 다가가 입을 틀어막았다.

"아이, 쫌!"

망치 박의 낯은 흙빛으로 바뀌어 있었다.

'희선?'

박현은 조금 전 사내가 말한 이름을 떠올리며 고개를 갸웃거렸다.

"망치 박의 본명이 희선입지요, 형님 시주. 나무관세음…… 풋! 보살."

어느새 당래불이 다가와 애써 웃음을 참으며 속삭이듯 말했다. 하지만 말이 속삭이듯 한 거지 주변의 인물들은 모두 알아들을 수 있을 정도로 그다지 나직하지는 않았다.

"야이, 썅! 너!"

망치 박은 당래불을 손가락으로 가리키며 목소리를 키웠다.

딱!

박석기 가주가 그런 망치 박의 뒤통수를 다시금 후려쳤다.

"이놈아! 부모님이 지어 주신 이름을……."

"그래도 그 이름은 아니죠!"

망치 박은 절규하며 소리쳤다.

"희선이라……, 큭!"

박현도 우락부락한 사십 대의 외모와 전혀 어울리지 않는 이름에 저도 모르게 웃음이 삼켜졌다.

"형님!"

망치 박이 그런 박현에게 소리를 다시금 질렀다.

"미, 미안하……."

박현은 망치 박에게 사과를 하다 눈을 부릅떴다.

대웅전과 문상객 천막 사이, 좁은 틈 사이로 한 여인이 지나가는 것을 보였다.

그 여인은 바로 김말자였다.

박현은 둘러싼 이들을 비집고 나가며 그녀의 흔적을 향해 달려나갔다.

*용어

1) 수인(手印): 원래는 불교의 용어이다. 부처님이나 보살의 손 모양 혹은 수행자의 손과 손가락으로 맺는 인(印, 일종의 형상이나 모양)을 말한다. 일반적으로 서양의 마법의 캐스팅처럼 동양의 도술은 이러한 수인으로 도술을 발현한다고 한다.

2) 사념: 잔류사념(殘留思念). 60년대 일본 오컬트 문화에서 만들어진 신조어이다. 잔류사념은 인간이 죽음으로 만들어지는 혼령이나 귀신이 아닌 인간의 집착이나 원한과 같은 영혼의 흔적이 물건에 담기는 것을 말한다.

3) 42수주 진언(四十二手呪 眞言): 관세음보살 42수주는 관세음보살의 42가지 손 도상을 뜻한다. 더불어 각 도상의 진언을 읊어 뜻을 이룰 수 있다 한다. 42수주 진언은 필요한 성취만 이룰 수 있는 진언으로 간단한 진언 수행 방법 중 하나이다.

4) 입적(入寂): 입적 혹은 열반. 스님의 죽음을 일컫는 말.

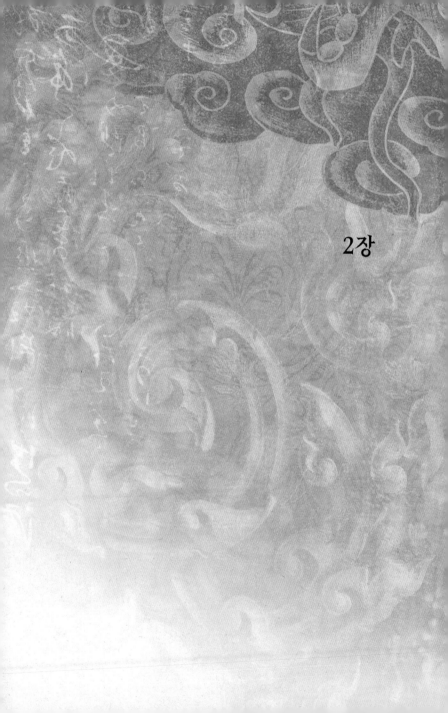

2장

    박현은 급한 마음에 축지를 쓰며 대웅전 뒷마당으로 향
하는 길목으로 몸을 날렸다.

    우우웅—

    부드럽지만 결코 나약하지 않은 묵직한 기운이 박현의
축지를 뒤로 밀어냈다.

    "나무관세음보살."

    중년 승려가 박현의 앞에 모습을 드러내며 합장을 했다.

    "나무관세음보살—."

    "나무관세음보살—."

    "나무관세음보살—."

그런 그의 옆으로 서너 명의 승려가 합장을 하며 모습을 드러냈다.

"죄송하지만 이 뒤로는 외부인이 출입을 할 수 없습니다."

박현은 나무로 가려진 자그만 산길을 힐끗 쳐다보았다. 산길 쪽에도 두 명의 승려가 경비를 서고 있는 게 보였다.

"박현 님."

그 사이 신비선녀가 조완희와 함께 서둘러 박현에게로 다가왔다.

박현은 조완희를 짧게 일견한 후 신비선녀를 빤히 쳐다보았다.

"제게 할 말이 있을 거 같습니다."

박현은 인사도 없이 그녀를 빤히 쳐다보았다.

"……무슨 말씀이신지."

신비선녀는 담담하게 반문했다.

너무나도 자연스러워 진짜 아무것도 모르는 게 아닌가 싶을 정도였다. 하지만 박현은 그녀가 무언가를 숨기고 있음을 직감적으로 느꼈다.

오랜 형사로서의 감이었다.

"정말이십니까?"

"……네."

"이 대답으로 우리의 사이가 앞으로 달라질 수 있습니

다. 정말이십니까?"

"……."

신비선녀는 지독한 눈빛에 입을 닫았다.

"무슨 말씀이신지."

신비선녀는 박현을 쳐다보며 천천히 입을 열었다.

척—

박현은 그런 그녀 앞으로 사진 한 장을 꺼내 내밀었다.

"……."

신비선녀는 그 사진을 보고도 표정의 변화를 보이지 않았다. 진짜로 모르는 사람이라는 듯, 처음 보는 사람이라는 듯 말이다.

하지만 박현은 미세하게 흔들린 눈동자를 보았다.

"이 말에 대해 책임을 지셔야 할 날이 올 겁니다."

박현은 사진을 품에 넣었다.

"누구길래 왜 이렇게 험악한……."

조완희는 말을 하다 말고 짐작이 가는 바가 있어 눈을 동그랗게 뜨며 박현과 신비선녀를 짧게 번갈아 보았다.

그러다가 뭔가 떠올린 듯 눈을 번쩍 떴다.

그리고 그 사진의 여인을 떠올렸다.

그녀가 조금 전 신비선녀와 짧게 사담을 나눴음을 떠올린 것이었다.

"바, 박현 님."

신비선녀가 다급히 박현을 불렀다.

박현은 무시하며 여전히 길을 막고 있는 중년 승려를 쳐다보았다.

"금지에는 관심 없습니다. 이분을 뵙고 싶습니다."

중년 승려는 고개를 저었다.

"들어갈 수 없습니다, 시주."

"들어가지 않을 터이니 이 자리로 불러주실 수 없겠습니까?"

"그건 소승의 몫이 아닌 듯합니다."

"들어가지도 못한다, 불러주지도 못한다. 제가 어떤 선택을 하면 되겠습니까?"

"……."

중년 승려는 가타부타 말없이 입을 꾹 닫았다.

"저를 금지로 발을 디디게 만든 건 제가 아닙니다."

박현의 말에 중년 승려의 얼굴이 굳어졌다.

"시주."

박현을 부르는 목소리는 곱지 않았다.

"불러올 수 없다면 제가 들어갈 수밖에요."

스스슥—

승려들이 중년 승려를 중심으로 벽을 만들었고, 박현은

그 벽으로 한 걸음 다가갔다.

고ㅇㅇㅇㅇㅇㅇ—

둘 사이에 기운이 맞부딪히며 휘몰아치기 시작했다.

"자, 잠깐만. 적암 스님, 박현 님."

신비선녀는 당황하며 둘 사이에 끼어들었다.

"보는 눈이 많습니다."

둘 사이의 기 싸움이 수많은 검계 사람들의 이목을 끈 것은 당연한 일.

"빠지세요."

박현은 너무나도 차갑게 신비선녀를 외면했다.

"이제 본인은 당신을 신용할 수 없습니다. 이런 일이 한두 번이 아니니까."

"불문을, 아니 검계를 적으로 돌릴 참이십니까?"

신비선녀는 다급히 말을 건넸다.

"개의치 않습니다. 그보다 이 사람을 만나는 게 더 중요하니까."

신비선녀는 표정을 숨기지 못하고 입을 쩍 벌렸다.

조완희도 매한가지였다.

하지만 당황함을 극렬하게 드러낸 이는 다름 아닌 적암이라 불린 중년 스님이었다.

"불러 주시겠습니까?"

박현은 적암 스님에게 다시금 물었다.

적암 스님은 박현의 눈빛에서 지금의 질문이 마지막 질문임을 깨달았다. 거부한다면 반드시 강행돌파를 할 것이 분명했다. 그도 그럴 것이 벌써부터 박현의 기운은 조용히 자맥질을 시작하고 있었으니까.

"아니면 제가 들어갈까요?"

"갈!"

적암 스님은 일갈은 터트리며 박현을 향해 일장을 내질렀다.

좌르르륵!

박현은 양팔을 교차하며 건틀렛을 방패로 삼아 공력이 담긴 그의 일장을 막아냈다.

"무슨 일이야?"

박석기 가주였다.

그의 뒤로 몇몇 가공할 만한 내력을 가진 이들이 다가왔다.

"신비선녀."

박석기가 신비선녀를 불렀다.

"자네."

그 사이 박현은 어떤 직감에 고개를 돌려 대웅전 뒷길로 오르는 수풀을 쳐다보았다. 그리고 그곳에서 내려오는 여인의 그림자가 보였다.

나뭇잎에 가려져 확실하지는 않지만 김말자가 분명했다.

"김말자!"

박현은 목소리에 신력을 담아 소리쳤고, 그 소리에 여인이 반응하며 고개를 돌렸다. 그리고 눈이 마주쳤다.

'……!'

그림자는 김말자가 맞았다.

박현을 본 그녀는 당황한 듯 다시 수풀로 사라졌다.

눈앞에서 놓칠 수 없었다.

잡아야 했다.

잡아서 물어봐야 한다.

내가 알지 못하는 '나'에 대한 모든 것들을.

박현은 허공으로 몸을 훌쩍 떠올리며 축지를 밟았다.

"멈추지 못할까!"

어느 정도 예상하고 있던 적암 스님은 달려나가는 박현의 등으로 일장을 내질렀다.

후욱— 펑!

상당히 농후한 내력이 박현의 등에 꽂혔다.

그 내력에 박현의 상의 뒤가 터져나가며 박현은 바닥으로 내리꽂혔다.

"끅!"

상당한 충격에 박현의 잇몸 사이로 신음이 흘러나왔지만

그의 의지를 밀어내지는 못했다. 박현은 바닥을 구르며 다시 신력을 바탕으로 축지를 밟으며 김말자의 뒤를 쫓았다.

쩌엉—

숲길로 들어서려는 찰나, 부적 한 장이 날아와 터졌고, 공기의 파음과 함께 얇은 막이 만들어졌다.

투우웅—

박현의 몸은 투명한 얇은 막에 막혀 뒤로 튕겨져 나왔다.

좌라라락—

박현은 백호의 발톱을 형상화한 건틀렛의 날카로운 발톱으로 얇은 막을 향해 휘둘렀지만 투명한 막은 마치 질긴 끈끈이처럼 끊어지지 않았다.

"크르르르르."

박현은 분노는 곧장 백호의 울음으로 표현되었다.

우드득—

박현은 곧장 진체를 드러내며 날카로운 발톱으로 얇은 막을 향해 손을 휘둘렀다.

지직— 치이이익!

부적이 만들어낸 막은 결국 박현, 백호의 발톱을 버텨내지 못하고 찢어졌다.

콰앙—

찢어지는 순간 등에서 엄청난 충격이 느껴졌다.

"크하앙!"

충격에 입에서 비명이 터져 나왔지만 상관없었다.

박현은 김말자의 그림자를 쫓기 위해 숲길로 뛰어 올라갔다.

"멈춰라!"

그런 그의 뒤로 십수 명의 승려, 무승들과 몇몇 검계의 무인들이 박현의 뒤를 쫓았다.

*　　　*　　　*

"젠장! 젠장!"

조완희는 축지 부적을 발로 밟아 박현의 뒤에 바투 다가서며 투덜거렸다.

"내가 너 때문에 제 명에 못 죽는다. 니미럴, 뒤는 내가 맡으마."

"앞으로 네 집에서 냄새나는 거 안 먹으마."

"야이, 그걸 지금 말이라고! 쌍노무시키."

박현의 말에 조완희는 짧게 욕을 내뱉으며 뒤로 돌아섰다.

"후우—."

조완희는 왼손으로 부적 한 장을 쥐는 동시에 오른손을

아공간 가방에 쑥 집어넣었다. 그리고는 허공에 연녹색의 씨알을 뿌렸다.

투두두두두둑―

바닥에 뿌려진 연녹색 씨알, 녹두는 바닥으로 스며들었다.

"녹두장군의 이름으로 명하노니!"

조완희는 합장한 양 손바닥 사이로 부적을 끼워 넣으며 신력을 터트렸다.

"잠에서 깨어나라, 무쌍(無雙)한 병사들이여."

츠츠츠츠츳!

부적이 불타며 푸르스름한 기운이 조완희의 손바닥으로 스며들었다. 그 기운이 그의 팔을 타고 머리로 올라가 조완희의 눈과 입으로 터져 나왔다.

그그그극―

녹두가 스며든 곳.

땅거죽이 불룩불룩 들썩이기 시작했다.

"일어나라, 병사들이여."

콰득! 콰드득! 후드드드득!

땅거죽이 터지며 흙더미와 함께 푸른 갑옷을 입은 수십 명의 병사들이 우르르 모습을 드러냈다.

"크흐으으으으!"

"흐으으으으!"

"크흐으으으!"

무서움을 모르는 땅의 병사.

녹두병[1]이었다.

척척척척척—

녹두병들은 위압적인 발걸음 소리를 만들며 오와 열을 맞춘 채 자그만 산길을 막아버렸다.

푸학!

그런 녹두병들 뒤로 말을 탄 녹두병 장수가 위엄을 드러내며 등장했다. 그는 우르르 몰려오는 불문 무승들을 비롯해 검계 무인들을 내려다보며 입을 열었다.

『명을 내려 주십시오.』

녹두병 장수는 조완희를 향해 약식 군례를 취했다.

"저들을 막아라."

여기서 조완희가 내릴 수 있는 명은 그다지 많지 않았다.

『팽배수[2]는 앞으로!』

녹두병 장수가 검을 뽑으며 명을 내렸다.

척척척!

『총통수[3]는 뒤로 빠지고, 창수[4]가 팽배수를 받쳐라!』

빠르게 이어진 명에 방패를 든 팽배수가 단단히 방어를 구축하고, 창수가 적들을 접근하지 못하도록 날카로운 창을 방패 사이로 장전했다.

『검수[5]와 사수[6]는 후방에서 대기!』

일사불란한 녹두병의 모습에 조완희의 얼굴에는 씁쓸함이 담겼다.

녹두병, 녹두군대.

이 힘의 원천은 무문이 아닌 불문이었다.

사장된 신라 혜통 스님의 녹두병술을 만석 큰스님이 젊었을 적 우연한 인연으로 맥을 잇게 되었다. 하지만 만석 큰스님은 녹두병술이 불문에는 어울리지 않으며 오래된 인연이 끊어졌다면서 자신에게 전수해 주었다.

만석 큰스님이 물려준 녹두병술을 다름 아닌 만석 큰스님의 입적식날에 그를 존경하는 무승들과 검계 무인들을 향해 펼쳤으니, 어찌 착잡한 마음이 들지 않을까 싶다.

하지만 언제까지 감성적인 마음으로 있을 수만은 없는 법.

조완희는 고개를 저으며 애써 씁쓸함을 털어버렸다.

그리고 조금은 차가워진 눈으로 달려오는 한 식구이자 잠시 적이 된 검계 무인들을 내려다보았다.

"흠."

가장 선두에서 달려오던 무승 적암 스님은 땅에서 솟아난 녹두병들을 보며 침음성과 함께 걸음을 늦췄다.

자연스레 그 뒤를 따르던 무승들도, 한 팔 거들기 위해 나선 검계 무인들의 걸음도 그에 맞춰 느려지더니 이윽고 멈춰 섰다.

"완희 시주!"

적암 스님은 녹두병들을 일으킨 조완희를 향해 노여움을 터트렸다.

"적암 스님."

조완희도 다부진 표정으로 그와 마주했다.

"어떻게 시주께서……."

적암 스님은 뭔가 말을 더 하려는 듯 보였지만 더 이상 말을 잇지는 않았다. 하지만 눈빛에는 그에 대한 씁쓸함과 분노가 담겨 있었다.

"죄송합니다. 이 벌은 훗날 달게 받을 터이니, 오늘은 조용히 물러나 주시면 안 되겠습니까?"

조완희는 한 걸음도 물러서지 않을 것을 드러냈다.

"완희야."

신비선녀.

"예, 어머니."

"지금 둘이 만나서는 안 된다."

그 말에 조완희는 고개를 저었다.

"그걸 판단하는 건 제가 아닙니다. 그 친구죠. 그리고 저는 친구를 믿습니다."

조완희는 신비선녀의 말에도 꿈쩍하지 않았다.

"이거 어쩌냐?"

갑작스러운 대치에 '어어.' 하다가 뛰어온 삼인방, 일명 꼴통 삼총사인 이승환, 망치 박, 당래불이었다.

이승환의 말에 망치 박은 표정을 슬쩍 구겼고, 당래불은 입을 꾹 닫았다.

망치 박은 힐긋 시선을 돌려 충주 박의 가주인 박석기를 쳐다보았다.

"가문이냐 형님이냐, 그것이 문제로다."

망치 박은 머리를 박박 긁었다.

"네가 햄릿이냐?"

이승환이 발로 정강이를 툭 치며 핀잔을 주었다.

"너는?"

그리고는 당래불에게 물었다.

"나무관세음보살."

물론 당래불 역시 가타부타 말은 없었다.

사실 이런 말을 나눈다는 게 웃긴 일이기도 했다.

"크크크."

갑자기 망치 박이 주름 가득한 반달 눈웃음을 지으며 음침한 웃음을 지었다.

"너?"

이승환이 그런 망치 박의 웃음에 눈살을 찌푸렸고.

"너 여기서 꼴통 짓 할 거 아니지?"

당래불이 순간 눈을 껌뻑이며 다급히 물었다.

"요 며칠 저 영감 잔소리에 학을 떼는 줄 알았는데, 크크크. 영감 얼굴 허옇게 탈색되는 거 한번 보면 재미있지 않을까?"

"너 지금 무슨 소리를……."

이승환이 다급히 그를 말렸지만 소용없었다.

"그리고 여기보다 저기가 더 재미있잖아."

"야!"

이승환이 망치 박의 팔을 잡았다.

"왜 이러시나? 적께서."

망치 박은 하얀 이를 드러내고는 몸을 훌쩍 날려 조완희 옆에 섰다.

"음?"

"이런 일에 동생을 빼면 쓰나요?"

망치 박은 히죽 웃으며 허리에서 묵직한 2자루의 손 해머를 꺼내들었다.

깡깡!

망치 박은 검계 무인들을 향해 해머를 부딪쳤다.

그리고는 박석기 가주를 향해 씨익 웃음을 지어 보였다.

당연히 박석기 가주는 그런 망치 박의 행동에 어이가 없어
입을 쩍 벌렸다.

"덤벼라, 이 골통들아!"

망치 박은 이승환과 당래불을 향해 망치를 들며 낭랑한
목소리로 외쳤다.

"미친 새끼—."

이승환은 그 모습에 땅이 꺼져라 한숨을 푹 내쉬며 주변
을 살폈다.

"나무관세음보살."

당래불도 한숨 대신 불호를 읊으며 망치 박을 째려보았다.

"그나마 회장님께서 오시지 않으셔서 다행인가?"

"너도 쳐 돌았냐?"

당래불이 달라진 이승환의 모습에 다시금 기겁했다.

"그러면 어쩌냐? 저 망할 새끼 혼자 두면 더 큰 사고 친
다. 지금 보니까 박 가주님께 은근히 쌓인 게 많은 모양인
데. 그리고 우리 회장님이 나를 쫓아내지는 않겠지. 뭐~
여차하면 일이 년 더 산중 훈련하지 뭐."

한숨을 쉬던 이승환은 애써 밝게 웃으며 너털너털 망치
박에게로 걸어갔다.

누가 봐도 가기 싫은 티가 다분했다.

"오~ 친구!"

당연히 망치 박은 이승환의 어깨를 잡아 마구 흔들었다.

"끝나고 보자."

이승환은 망치 박의 손에 힘없이 이리저리 흔들리며 은근한 살기를 쏘아냈다.

"너 내 망치에 쫄았구나?"

망치 박은 은근한 목소리로 물었다.

"그냥 여기서 죽여줄까?"

이승환의 목소리가 날카로워졌고.

"크크, 농담이지, 농담. 뭘 그렇게 날카롭게 받아들이고 그려냐. 응?"

망치 박은 팔꿈치로 이승환의 어깨를 툭 쳤다.

"나 이러다 극락에 못 갈 거 같아. 그래서 말인데 내 손으로 죽일게. 저 망할 새끼."

당래불이 도축장에 끌려가는 소처럼 털레털레 걸어왔다.

퍽!

"악!"

그리고는 망치 박의 뒤통수를 진짜 있는 힘껏 후려쳤다.

"나무관세음보살."

바닥으로 쓰러진 망치 박의 허리를 지그시 밟으며 불호를 읊었다.

뒤를 조완희가 든든하게 막아주자 박현, 백호는 망설임
없이 산길을 타고 올랐다. 산길을 제법 올라가자 둔덕에 공
터가 보였고, 그곳에 자그만 암자가 눈에 들어왔다.

"크항!"

박현은 신력을 쏟아 암자로 몸을 날렸다.

『김말자!』

암자를 벗어나던 그녀는 깜짝 놀라 돌아보더니 박현, 백
호를 보자 화들짝 놀라는 모습이었다.

"크르르르르르."

박현은 그녀 앞으로 성큼 다가가 섰다.

『오랜만입니다…….』

"군산댁 아줌마."

박현은 진체를 풀며 김말자 앞에 섰다.

호칭은 예전 그대로였지만 목소리는 달랐다.

적의, 그리고 경계심이 가득하다 보니 목소리가 고울 리
없었다.

"혀, 현아."

김말자는 당황한 듯 말을 더듬었다. 그러면서도 도망갈
궁리를 하는 모양인지 눈은 빠르게 주변을 살피고 있었다.

박현은 그런 그녀의 곁에 좀 더 다가서며 고개를 저었다.

"도망갈 생각이라면 안 하는 게 좋을 겁니다. 그나마 본인이 좋은 말로 할 때."

그리고는 그녀의 멱살을 잡아 얼굴 가까이 끌어당겼다.

"누굽니까? 아주머니는?"

박현은 머리를 처박을 듯 얼굴을 가져가며 으르렁거렸다. 이글거림을 넘어 폭력성마저 담긴 그의 눈빛에 김말자는 저도 모르게 마른침을 꿀떡 삼켜야 했다.

*용어

1) 녹두병: 녹두병 혹은 녹두군사. 녹두나 콩과 같은 곡물 씨알로 만들어낸 병사로 일종의 식물형 몬스터이다. 식물이 매개체이기에 고통을 느끼지 않아 매우 용감하게 적과 싸운다. 또한 태어나면서부터 갑옷과 각종 무기를 가지고 태어나 그리스의 용아병과 매우 닮았다. 녹두병은 설화에서도 다뤄졌는데 신라 문무왕 시절 승려 혜통이 녹두병을 소환하여 용과 싸워 이겼다고 전해지며, 아기장수 우투리 설화에서는 이성계가 보낸 군대와 싸워 전멸했다고 전해지기도 한다. 이들은 술법 등은 하지 못하지만 뛰어난 전술과 무술을 행한다 한다.

2) 팽배수: 팽배수, 일종의 방패병이다. 오위진법 1열의 병종으로 무장은 방패, 투창, 환도이며, 투창을 던져 적의 진형을 무너트린 후, 방패와 환도를 이용해 적을 막아서거나 돌격한다. 본 병과는 조선 보병의 기본 진법인 오위진법에서 따왔다. 2열은 총통수, 3열은 창수, 4열은 검수, 5열은 사수이다.

3) 총통수: 일종의 화력병과이다. 무장은 승자총통 (길이 2m에 유효사거리 2.4m, 탄환은 쇠구슬이나 화살), 환도이다.

4) 창수: 적의 근접을 저지하는 창병으로 무장은 장창(3.2m), 환도이다.

5) 검수: 무장은 장검(1.8m)와 환도이다. 아군의 진영을 침입한 적을 사살한다.

6) 사수: 궁병으로 무장은 각궁과 환도이다.

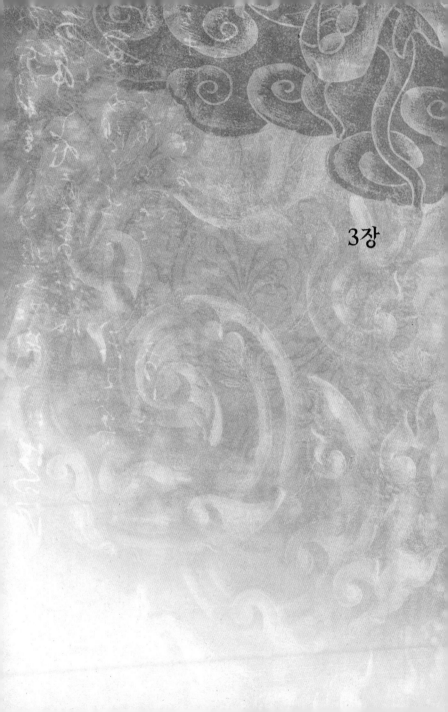

3장

쾅!

"끅!"

박현은 그녀를 끌고 나가 암자 벽에 처박듯이 밀어버렸다.

"누구냐라는 질문이 그렇게 어렵나?"

콰득!

박현은 손에 힘을 줘 그녀의 목을 움켜잡았다.

펑!

그런 둘 사이에 부적 한 장이 부드럽게 날아와 폭발했다.

부적의 폭발은 부드러웠다. 부드러운 폭발은 박현과 김말
자 둘 사이를 밀어냈다.

하지만.

콰드득!

"꺄아아아악!"

박현은 부적이 만들어 낸 엄청난 힘에도 김말자의 목을 움켜잡은 손을 놓지 않았다. 결국 폭발은 둘 사이를 떨어뜨리지 못했고, 박현과 김말자는 부적의 폭발에 떨어진 것이 아니라 위로 밀려 올라가고 말았다.

그리고 그 바람에 김말자는 목이 반쯤 꺾여 비명을 지르며 정신을 잃고 말았다.

툭!

박현은 정신을 잃은 김말자를 바닥에 던지듯 내려놓으며 부적이 날아온 곳으로 고개를 돌렸다.

신비선녀였다.

이 상황을 예견하지 못한 듯 신비선녀는 당황한 표정을 감추지 못하며 둘 사이로 뛰어왔다.

정확히는 김말자를 향해서.

쾅!

박현은 발을 크게 구르며 신비선녀 앞을 가로막았다.

진체를 드러내지는 않았지만 신비선녀를 향한 살기는 그에 못지않을 정도로 섬뜩했다.

"더는 오지 마라."

혹시 조완희가 뚫렸나 싶어 박현은 그녀에게 경고를 날리며 힐끗 그녀의 뒤를 쳐다보았다. 그림자 한 명이 빠르게 날아오고 있었다.

"크르르르르."

박현의 입에서 백호의 울음이 낮게 흘러나왔다.

또한 살기에 강렬한 투기가 더해졌다.

피부가 따끔거릴 정도로 강렬한 기운에 신비선녀의 눈동자가 잠시 흔들렸지만 그녀는 옆으로 걸음을 내디뎌 박현의 시선을 다시 가져왔다.

"둘이 다입니다. 더는 이곳에 오는 이는 없습니다."

신비선녀의 말이 마치기가 무섭게 아래에서 보았던 적암 스님이 바닥으로 내려섰다.

"더 이상 우리를 방해하는 이는 없습니다. 저 혼자라도 좋지만 적암 스님 역시 이 자리에 있어야 할 분이라 부득이 함께 왔습니다."

박현의 살기가 더욱 짙어지자 신비선녀는 속사포를 쏟아내는 것처럼 빠르게 말을 내뱉었다.

박현은 그 말에 적암 스님을 쳐다보았다.

그에게서 긴장감은 흐르고 있었지만 적의나 투기는 느껴지지 않았다.

"노여움은 알겠지만 연지를 먼저 살펴보게 해주십시오."

박현의 기세가 조금 가라앉자 신비선녀는 걱정이 가득한 눈으로 기절한 김말자를 쳐다보았다.

"……?"

"저 아이의 본명입니다."

'연지라.'

그녀의 본명을 알았다.

박현은 고개를 끄덕이며 반걸음 옆으로 비켜주었다.

신비선녀는 다급히 김말자에게로 달려갔고, 적암 스님이 그 뒤를 따르려 했다. 하지만 박현은 다시 그를 막으며 고개를 저었다.

적암 스님은 표정에서 불쾌감이 살짝 피어올랐지만, 다시 뒤로 한 걸음 물러났다.

적대하지 않을 것이라는 뜻.

하지만 박현은 마음을 놓지 않았다.

어떻게 잡은 김말자인데……, 그리고 평생 가슴에 묻어둔 자신의 비밀을 풀 기회였으니까.

"으으음."

무엇을 먹였는지 신비선녀가 자그만 환을 하나 먹이고 얼마 지나지 않아 김말자는 미약한 신음을 흘리며 정신을 차렸다.

"으윽!"

정신은 차렸지만 목에서 강한 통증을 느껴지는지 김말자는 자리에서 일어나지 못하고 여전히 신음을 흘렸다.

"소승이 한번 봐도 되겠습니까?"

적암 스님이 박현에게 물었다.

"……."

"저 상태로는 대화가 어려울 듯합니다. 그녀를 내빼지 않을 것을 부처님께 약속 올리겠습니다, 나무관세음보살."

적암 스님의 이어진 말에 박현은 옆으로 자리를 비켜주었다. 자신이 보기에도 목을 크게 다친 상태로 대화가 어려워 보였기 때문이었다.

적암 스님은 김말자에게 다가가 반쯤 품에 끌어안으며 그녀의 목을 주무르기 시작했다.

그의 손과 그녀의 목에서 은은한 기의 파동이 느껴졌다.

그렇게 주무르기를 오 분.

고통이 많이 가셨는지 김말자의 입에서 신음이 더는 흘러나오지 않았다.

하지만 불편함은 여전한지 낯은 좋지 않았다.

몸을 추스르고 일어난 김말자는 박현을 잠시 쳐다보더니 옷에 묻은 흙과 먼지를 털어 몸가짐을 추스르고는 큰절을 올렸다.

"북천무가의 말자가 신께 인사 올립니다."

그녀의 큰절에 오히려 당황한 것은 박현이었다.

이렇게 큰절을 올릴 거라면 도대체 왜 적인지 아군인지 헷갈리게 만들면서까지 자신을 외면하고 피했는지.

"정체가 뭐지?"

그렇다고 한들 박현의 마음이 풀리거나 경계심이 흩어진 것은 아니었다.

"북천무가의 말자입니다."

그건 이미 들은 말이었다.

"여기서 이럴 것이 아니라 자세한 건 방 안에서 하시지요. 이야기가 깁니다."

신비선녀는 김말자를 부축하며 암자로 향했다.

생전 만석 큰스님의 거처였던 자그만 암자에 박현과 신비선녀, 김말자, 그리고 적암 스님이 자리하고 있었다.

박현은 팔짱을 낀 채 셋을 쳐다보았다.

셋 모두 저마다 눈에 슬픔을 띠고 있었다.

"휴우―."

신비선녀는 한숨을 내쉬며 말문을 열었다.

"일단 각자의 소개가 필요할 듯하군요. 이분은 적암 스님, 입적하신 검계 불문 문두, 만석 큰스님의 직전제자십니다."

"적암이라 합니다, 나무관세음보살."

적암 스님은 합장을 하며 인사했다.

"이 아이는……."

신비선녀는 김말자를 잠시 쳐다보며 입을 열었지만 쉽사리 말을 잇지는 못했다.

"제가 소개할게요."

신비선녀 대신에 김말자가 말을 꺼냈다.

"만석 큰스님의 숨겨진 딸이자 북천무가의 무녀 김말자라 합니다."

박현의 눈동자가 커졌다.

"현재 천가로 일컬어지는 건 저희 가문뿐이지만 사실은 이 땅에 2개의 천가 가문이 있습니다. 북천무가와 남천무가. 남천무가가 저희 가문의 정확한 명칭입니다."

박현은 고개를 끄덕였다.

"이 땅은 정기가 드높지만 끓어오르는 용암과도 마찬가지입니다. 하여 오랜 영신들이 태어나고 죽기를 반복하는 곳이옵니다. 대대로 두 천가는 피가 귀했습니다. 그렇기에 우리 두 가문은 영신들의 피를 이어주었습니다."

"나는 지금 그걸 듣고 싶은 게 아니오."

박현은 김말자를 빤히 쳐다보았다.

"또 당신의 출신 또한 궁금하지 않아. 내가 궁금한 건 나야. 내가 누구인지."

"소녀의 이야기를 모두 들으시면 알게 되실 겁니다."

"저는 연지라는 이름을 가지고 태어난 김말자입니다."

"……?"

"연지라는 이름도 제 이름이고, 김말자라는 이름도 제 이름입니다. 소녀에게는 2개의 인생이 담겨 있습니다. 연지로 태어난 인생과 피로 이어진 전생."

그 말에 박현의 눈썹이 꿈틀거렸다.

"방년[1] 어느 날, 저는 무병을 앓았었습니다. 그때 소녀는 신비선녀의 도움을 받아 신을 받아들였습니다. 그리고 그 신은 제게 과거의 기억을 함께 주셨습니다. 그 기억이 또 다른 저인 김말자였습니다."

김말자의 마지막 말에 울음과 슬픔, 그리고 분노가 담겼다. 그 이유는 곧 그녀의 입을 통해 알게 되었다.

"북천무가는 공식적으로 멸문했습니다. 조선 건국 이듬해."

박현의 눈매가 가늘어졌다.

조선의 건국은 곧 이 땅의 지배자가 바뀌었다는 뜻이다.

'고려의 지배자가 삼족오였던가?'

박현은 신비선녀를 쳐다보았다.

봉황은 암수 한 쌍이기에 피를 이어줄 무녀가 필요 없다.

"용왕님의 은혜에 남천무가는 살아남을 수 있었습니다."

"용왕이라."

청룡의 현신 문무대왕.

"힘겹게 이 땅의 주인이 되었는데 다시 목줄 내놓고 싸우기 싫었던 거지."

김말자의 목소리는 얼음장처럼 차가웠다.

"하늘님의 도움으로 멸문한 북천의 피가 지금 다시 흐르고 있습니다."

김말자는 자리에서 일어나 박현을 향해 오체투지를 하며 머리를 바닥에 쿵 찧었다.

"북천무가를 이끌어 새로운 하늘을 열어 주십시오!"

"흠."

박현은 눈을 감으며 침음을 삼켰다.

새로운 하늘을 열어달라.

자신이 새로운 하늘을 열 수 있을까?

아직 천신급에도 도달하지 못한 내가?

그런 내게 하늘을 열어 달라 한다.

어렴풋이 감이 왔다.

왜 김말자가 자신을 피해 왔는지.

하지만 그런 건 상관없다.

중요한 건 바로 본인, 자신이었으니까.

"나는 누구지?"

박현은 바닥에 엎드린 김말자에게 물었다.

아니, 김말자의 대답을 듣기 전 적암 스님을 쳐다보았다.

"그대의 부친인 만석 스님의 직전 제자라는 것은 알겠지만……, 이제 자리를 비켜주시겠소?"

자신의 정체를 숨겨야 한다.

"소승 역시, 아니 불무도를 따르는 우리 무승 역시 새로운 하늘을 기다리고 있습니다."

적암 스님의 말 역시 놀라기에 부족하지 않았다.

"이 땅의 불교는 다른 땅의 것과 달리 호국불교를 기치로 삼아왔습니다."

이성계, 조선을 개국한 초대 왕인 태조는 불교를 버렸다. 아니 내쳤다.

불교는 탄압에 산 깊숙이 숨어 들어가야 했고, 그나마 민중의 지지를 등에 업고 간신히 살아남았다.

이들도 봉황에 쌓인 게 많으리라.

그런데 불문이라 하지 않았다.

적암 스님은 분명 불무도라 하였다.

조완희에게 듣기로 이 땅의 불교 무예는 두 줄기가 있다 하였다.

당래불이 이은 선무도.

그리고 적암 스님이 이었다는 불무도.

"불문의 뜻은 아니군."

"맞습니다, 시주."

적암 스님은 고개를 끄덕였다.

"굳이 선무도의 정신적 뿌리를 찾는다면 무학대사[2]가 되시겠지요. 하지만 우리 불무도는 아닙니다. 우리 역시 그날을 잊지 못합니다."

오랜 시간이 흐른 만큼 세대를 거쳐 분노가 희석될 법도 하건만 적암 스님의 목소리에는 은은한 분노가 담겨 있었다. 아마 자신이 모르는 사정이 있어 보였다.

"그리고 대자대비하신 부처님께 맹세를 하겠습니다. 오늘 나눈 이야기는 때가 아닌 이상, 박현 님의 허락 없이는 그 누구에도 이야기를 하지 않겠습니다."

적암 스님의 눈에 결의와 희망이 깃들었다.

"소승은 시주께서 새로운 하늘을 열 수 있을지 보고 싶습니다, 나무관세음보살."

"믿으셔도 됩니다."

신비선녀.

"그건 이제 본인이 판단합니다. 당신도 믿을 수 없어."

신비선녀를 향한 박현의 목소리는 차가웠다.

박현은 그녀를 향해 벽을 세웠다.

"본인을 따르려면 앞으로 생각하지 마. 나를 섬기든 떠나든 하나를 선택해. 이건 마지막 경고야."

박현은 신비선녀를 지그시 노려보았다.

그리고는 입을 닫았다.

받아들일 수 없다면 그만 밖으로 나가라는 무언의 의미.

하지만 선뜻 선택할 수 없었다.

오랜 주인이자 신인 청룡, 그리고 유일한 핏줄임에도 박현을 신으로 모신 한설린.

신비선녀는 자리에서 일어났다.

"소녀는 용왕님을 배반할 수 없습니다. 아니 그분의 분노만은 막아야 하옵니다."

작금에 이르러 용왕의 가문이라고 해도 틀리지 않을 남천무가.

"하지만 소녀의 아이들은 아닙니다."

아이들이라 함은 조완희와 한설린이었다.

"두 아이는 곁에 두소서. 마지막까지 모실 수 없음을 용서해주소서."

신비선녀는 큰절을 올린 후 밖으로 나갔다.

그녀가 빠지자 분위기가 애매해졌다.

"그녀의 입은 무거운가?"

박현이 물었다.

"그건 믿으셔도 좋습니다. 하지만 용왕님께 박현 님의 이야기가 흘러들어 갈 것입니다."

"흠."

박현은 눈을 반개하며 신음을 삼켰다.

"그건 그렇고……."

용왕의 일은 일단 훗날 일이다.

지금 중요한 건 바로.

"본인은 누구지?"

박현은 다시 본론을 꺼냈다.

"저도 모릅니다."

김말자의 말에 박현의 눈이 부릅떠졌다.

이내 그 표정은 분노로 변했다.

쾅!

박현의 주먹 한 방에 자그만 탁자가 산산이 부서지며 사
방으로 비산했다.

"지금 나랑 장난하는 것인가?"

그렇게 박현은 꾹꾹 눌러왔던 화를 터트렸다. 고요하던
암자의 방 안 분위기가 급격히 차갑게 얼어붙었다.

조용히 자리를 지키고 있던 적암 스님 역시 급격히 기운
을 끌어올리며 김말자를 보호했다.

"정말입니다."

"……."

박현은 김말자의 말에 몸을 부르르 떨며 분노를 표출했다.

"하지만 가주께서는 아실지 몰라요."

"가주?"

박현은 힘겨울 정도로 화를 억누르며 물었다.

"네. 박현 님의 할머니, 안순자의 이름을 쓰시는 분이 북천무가의 가주세요."

쩡—

박현은 마치 귓가 옆에서 징이라도 울린 것처럼 머리가 울리며 멍해졌다.

"하, 할머니?"

동시에 할아버지 박일태의 납골함 앞에 놓였던 마른 멸치무침을 떠올렸다. 할아버지가 생전에 좋아하시던 반찬이자 안주였던 그 마른 멸치무침.

"……하, 할머니께서 살아 계시다고?"

믿을 수 없었다.

할머니는 돌아가셨다.

싸늘한 시신도 직접 눈으로 보았었다.

그런 그녀가 살아 있다 한다.

박현은 우악스럽게 적암 스님을 옆으로 밀어내며 김말자의 멱살을 잡아당겼다.

"진짜냐? 진짜란 말이냐!"

박현은 겁박을 주듯 물었다.

그 물음에 김말자는 고개를 끄덕였다.

자박— 자박—

박현이 받은 충격은 생각 이상인 듯 비틀비틀 두어 걸음 뒷걸음치더니 자리에 털썩 주저앉았다.

"……왜?"

한참을 멍하니 있더니 겨우 입을 열었다.

그리고 김말자를 올려다보았다.

그의 눈에 담긴 감정은 원망이었다.

"할머니가 북천무가 가주라고 하셨나? 그렇다면 나의 어머니는? 나의 아버지는? 이 모든 것을 알고 있었다는 건가?"

원망은 서서히, 아니 한순간 짙은 분노로 변했다.

"크크크크크크크."

박현은 어깨를 들썩이며 미친 웃음을 터트렸다.

"죽은 줄 알았던 할머니가 살아계시고, 이름도 모를 아버지에 대해 알고. 그렇다면 어머니는 할머니의 뜻에 따라 나를 낳으신 거로군."

박현의 몸에서 짙은 살기와 함께 신력이 뿜어져 나왔다.

"나는 뭐지? 내 삶은?"

박현의 눈은 공허했다.

"그래, 그 녀석도 그대의 아이들이었군. 그대들을 대신한 눈이었어."

고아가 되어 세상에 던져지고, 살기 위해 암호라는 가면을 쓰고 피로 물든 어둠의 뒷골목에서 칼을 잡았던 어린 시절.

미래조차 보이지 않았던 고단한 지난 어린 시절이 떠올랐다.

"그것도 역시 너희들의 의도에 따른 것이겠지? 크크크크."

박현의 어깨가 들썩거렸다.

"나는 그저 그대들을 위한 꼭두각시일 뿐인가?

"그건 아니……."

김말자가 재빨리 부정하려했지만 박현의 질문이 더 빨랐다.

"북천무가는 전생을 피로 이었다고 했었나?"

김말자에게 물은 것이 아니다.

그저 그녀의 말을 다시금 되새기는 것일 뿐.

"그럼 나의 할머니가 맞기는 한가? 그대처럼?"

짙은 살기가 신력을 조금씩 조금씩 잡아먹기 시작했다.

"크크크크, 크하하하하하!"

신력을 잡아먹은 살기는 서서히 유형의 검은 빛을 토해내기 시작했다.

"아, 안 돼!"

그 모습을 본 김말자가 비명을 지르듯 소리쳤다.

"이, 이게 무슨!"

"막아야 해요!"

당황한 적암 스님을 향해 김말자가 자지러지듯이 소리쳤
다.

적암 스님은 그 소리에 박현을 바라보며 얼굴을 굳혔다.

"크르르르르르."

박현의 입에서 흘러나오는 울음은 짐승의 것이지만 단순
한 짐승의 것은 아니었다.

흉포했다.

그 흉포함을 더욱 짙게 만든 것은 검게 변해가는 신력 사
이에서 뿜어져 나오는 붉은 안광, 흉광이었다.

푸학!

박현에게서 진체가 발현되고 있었다.

평소 그답지 않게 천천히, 느릿하게.

그렇게 드러나는 윤기 흐르는 우아한 은빛 하얀 털. 우아
함을 더욱 선명하게 만드는 묵빛보다 더욱 검은 줄무늬.

백호.

하지만 정광이 흘러야 할 푸른 안광은 흉포함을 담아 붉
어졌고, 검은 줄무늬는 은빛 하얀 털을 잡아먹고 있었다.

'심마(心魔)!'

적암 스님의 얼굴이 일그러졌다.

저 모습을, 정확히는 무인이 아닌 영신에게 심마라고 할 수 있을까 싶지만 무인의 입장에서는 심마에 빠져 광인으로 변하는 것과 별반 달라 보이지 않았다.

심마에 빠져든 무인은 극히 위험하다.

하지만 심마에 빠져가는 무인은 아니다.

이지도 없고, 정신도 없다.

그저 혼란.

머릿속에서 두 자아가 치열한 싸움을 펼치고 있을 터, 그로 인해 외부에 대한 공격은 취약하다.

적암 스님은 재빨리 몸을 훌쩍 날려 박현의 턱을 향해 발을 차올렸다.

퍽!

박현의 머리가 뒤로 젖혀졌지만 진체의 기본 골격은 인간의 것과 달랐다. 그저 머리가 뒤로 젖혀졌다 다시 돌아올 뿐, 몸이 순간 휘청인 것을 제외하고는 큰 타격이 없는 모습이었다.

적암 스님은 연속적으로 박현, 백호의 가슴을 발로 후려차며 마지막 일격으로 머리를 차올렸다.

콰직!

적암 스님의 공격에 뒤로 밀리던 박현의 몸이 뒤로 넘어가며 벽에 부딪혔다.

"크르르르르르."

제법 타격은 있었지만 박현은 쓰러지지 않았고, 오히려 그의 몸은 백색에서 흑색으로, 흑색에서 백색으로 빠르게 변화했다.

그 변화는 순식간에 빨라져 일 초에도 몇 번씩, 마치 점멸하는 형광등처럼 괴기스럽기 짝이 없었다.

"기절시켜야 해요!"

김말자의 말에 적암 스님은 이를 악물고 3m에 달하는 박현의 머리를 향해 다시 허공으로 몸을 날렸다.

퍼버벅!

적암 스님은 단숨에 박현의 머리 위로 뛰어올라 한순간 얼굴에 발을 때려 박았다.

비각술로 박현의 머리를 뒤흔든 적암 스님이 확실한 후속타를 위해 다시 허공으로 몸을 띄우려는 때였다.

콱!

거대한 손이 적암 스님의 머리를 움켜잡았다.

박현, 백호의 손이었다.

아니 박현, 흑호의 것이었다.

"크르르르르!"

붉게 타오르는 듯한 적안(赤眼).

"흡!"

지옥의 불길처럼 느껴지는 박현의 눈에 적암 스님은 순간 오싹함을 느끼고 헛바람을 들이마셨다. 그리고 시야는 어디가 위인지 아래인지 분간조차 하지 못할 정도로 어지럽게 변했다.

쾅! 쾅! 쾅!

적암 스님의 머리를 움켜잡은 박현은 마치 베개를 휘두르는 것처럼 자신의 주변을 향해 마구 휘둘렀다. 그로 인해 흙벽은 부서져 내렸고, 서까래가 들썩이며 먼지와 흙이 우수수 아래로 떨어졌다.

"안 돼!"

정신을 잃은 듯 힘없이 축 처진 적암 스님을 보며 김말자는 서둘러 부적을 날렸다.

부적은 박현의앞에서 엄청난 빛을 발하며 터졌다.

"크하아아아아아악!"

빛에 순간 눈이 멀자 박현은 눈을 감은 채 본능적으로 뒷걸음치며 손을 마구 휘둘렀다.

콰직!

그 손길에 기둥이 부서지고.

콰과곽!

흙벽이 터져나갔다.

우찌끈!

결국 암자를 지탱하는 골격들이 비틀리고 꺾이며 서서히 무너져 내리기 시작했다.

김말자는 서둘러 축지 부적을 이용해 아직까지 시야를 찾지 못한 박현의 손을 피해 정신을 잃은 적암 스님을 품에 안으며 빠르게 암자를 벗어났다.

여인의 몸으로 힘겹게 적암 스님을 안고 암자로 빠져나온 김말자는 고개를 돌려 암자를 쳐다보았다.

우르르르르 콰과각!

마치 기다렸다는 듯이 암자는 자욱한 먼지를 쏟아내며 무너져 내렸다.

"휴우—."

자그만 암자라고 해도 우습게 볼 수 없었다.

한옥의 기왓장의 무게는 범인들이 생각하는 이상으로 엄청난 무게를 가지고 있기 때문이었다.

박현이라면 어느 정도 충격과 상처를 받겠지만 목숨까지 위험하지는 않을 것이다.

아버지, 만석 큰스님과의 추억이 곁든 암자가 무너져 가슴 한쪽이 시리기는 하지만 박현을 잠재웠다는 데 더 큰 위안을 삼았다.

"하아—."

김말자는 안도의 한숨을 내쉬는 동시에 만신창이가 된

채 정신을 잃고 쓰러져 있는 적암 스님을 내려다보며 또 다른 의미의 한숨을 더 내쉬었다.

휘익— 턱!

십여 명의 그림자가 김말자 앞으로 내려앉았다.

조완희를 비롯해 이승환, 망치 박, 당래불, 그리고 박석기 가주와 택견회장 사도현, 마지막으로 적암 스님의 직전 제자 다섯 명이었다.

조완희와 검계 골통 3인방은 애초에 박현을 돕기 위해 나섰었고, 박석기 가주는 공정하고 슬기롭게 혹시나 모를 상황을 해결할 수 있는 원로의 입장으로 암자로 올라왔다.

사도현 회장은 택견 회장의 권위로 박석기 가주를 돕겠다며 나선 것이었지만, 실상은 박현에 대한 호기심으로 합류한 것이었다.

그리고 적암 스님의 직전 제자들은 당연한 것이었고.

"스승님!"

"스, 스승님!"

적암 스님의 제자, 무승들은 김말자 품에 안겨 있는 적암 스님에게로 달려갔다.

"이, 이 무슨!"

온몸에 멍이 들어 있었을 뿐만 아니라 그의 팔다리는 부러져있었다.

그 모습에 안색을 굳힌 조완희는 주변을 빠르게 살폈다.

"현이는 어디 있습니까?"

조완희는 김말자에게 물었다.

김말자는 말없이 눈으로 박현이 있는 곳을 가리켰다. 당연히 조완희의 눈길이 그녀의 시선을 따라 이동했다. 그리고 멈춘 곳은 무너진 암자였다.

"설마?"

"저 안에 묻혀 있다고?"

곁에 있던 망치 박도 놀란 듯 목소리가 커졌다.

"크게 문제는 없을 거예요. 그러나 문제는……."

김말자의 말이 채 끝나기도 전이었다.

그그극! 그그그그극!

무너진 암자의 파편들이 들썩거리기 시작했다.

"……!"

들썩이는 기왓장 소리에 김말자의 얼굴이 파리해질 정도로 새하얗게 변했다.

"마, 막아야……. 막아야 해요!"

김말자가 자리에서 벌떡 일어나며 소리쳤다.

"……?"

"음?"

박현의 상태를 모르는 그들은 김말자의 말에 다들 어리

둥절한 표정을 지었다.

적암 스님과 싸우다 저곳에 파묻혔을 정도면 정신을 차
리고 나오는 것도 용하다. 만신창이가 되어 무엇을 할 수
있을까.

하지만 정작 저곳에 파묻었다고 자연스레 생각하는 적암
스님이 오히려 만신창이가 되어 정신을 잃었다는 사실을
그만 간과하고 만 것이었다.

그그극! 가각! 화르르르르르!

들썩거리던 기왓장과 나무 기둥, 그리고 흙더미가 불룩
솟아나더니 하나의 그림자만 남기며 바닥으로 와르르르 떨
어져 내렸다.

"크르르르르!"

그림자에게서 흘러나오는 울음.

그림자에게서 흘러나오는 흉포한 붉은 눈, 적안.

"크하아아아아아아앙!"

그리고 흉포한 울음.

모습을 드러낸 검은 그림자는 햇빛이 만들어 낸 박현, 백
호의 그림자가 아니었다.

먹물을 뒤집어쓴 듯한 짙은 묵빛의 한 마리 호랑이.

흑호였다.

그나마 짙은 회색 줄무늬와 붉은 눈동자가 있어 호랑이

라는 것을 알아볼 수 있게 해줄 뿐이었다.

"바, 박현?"

조완희는 눈을 동그랗게 떴다.

"에에?"

망치 박도.

"저 모습이 박현 혀, 형님?"

"과, 관세…… 아니 나무관세음……."

당래불도.

모두가 놀란 눈을 껌뻑이며 박현, 흑호를 쳐다볼 뿐이었다.

하지만 그것도 잠시.

"크하아아아앙!"

주변을 살피던 박현은 모여 있는 이들을 향해 살기를 폭사하며 달려들었다.

*용어

1) 방년: 방년, 혹은 방령(芳齡). 여자의 스무 살 전후의 나이.

2) 무학대사: 이성계의 건국을 예견했으며, 건국 초기 왕사(王師)가 되었다. 또한 한양을 수도로 정하는 데 큰 힘을 보탰다. 이처럼 조선의 억불양유정책(抑佛揚儒政策) 속에서도 건국 초 나라 안정에 헌신하였다. 그리고 왕사의 직으로 이성계와 막역한 사이라 전해진다. 일례로 부처의 눈에는 부처, 돼지의 눈에 돼지가 보인다는 대화가 이 둘의 대화라 한다.

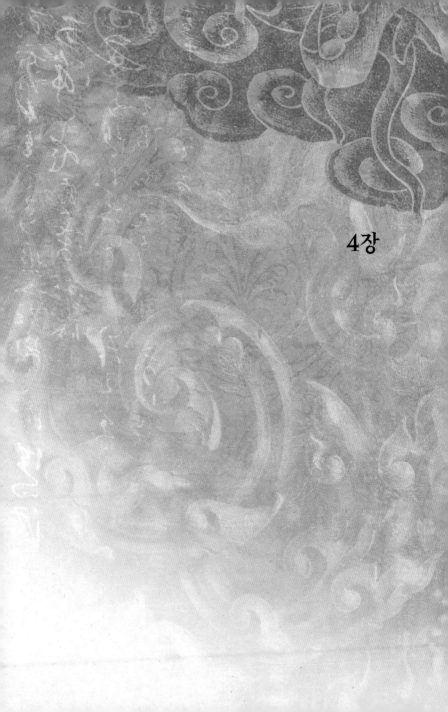

4장

"크하아아아아악!"

박현, 흑호의 포효는 삼천사 뒷산 암자를 흔들었다.

그 울음에 검계 무인들의 표정이 한순간 딱딱하게 변했다. 그 이유는 단순히 지천을 흔든 박현, 흑호의 울음 때문만이 아니었다.

울음과 함께 박현이 내뿜은 검은 신력, 악기(惡氣) 때문이었다.

너무나 새카매서 오히려 검게 보이지 않는 순수한 묵빛.

그 묵빛 신력은 단숨에 암자와 그 앞 공터를 집어삼켰다.

"으으으으으!"

가장 먼저 그 기운에 기운이 흔들린 건 김말자였다.

누구보다 신의 기운에 민감한 그녀가 순수한 악의 기운에 마치 오한이 온 듯 파리한 안색에 식은땀을 흘리며 온몸을 파르르 떨었다.

"크르르르르르!"

원초적 악의는 검계 무인들의 심부(心府)마저 흔들 정도로 강력했다.

"뭐가 어떻게 돌아가는 건지는 모르겠지만 일단 막아야겠군."

박석기 가주는 강철로 된 곡괭이를 꺼내 들며 '웃차!'라는 기합과 함께 박현에게로 몸을 날렸다.

쑤아아아악!

껑충껑충 뛰어간 박석기 가주는 장작을 패듯 박현의 머리 위로 곡괭이를 내려찍었다. 곡괭이가 만들어낸 파공성은 검계 무인들을 오싹하게 만들 정도로 매서웠다.

"무슨 노인네가 저리도 힘이 좋아. 젊은 사람 기죽게."

사도현 회장은 느긋하게 뒷짐을 지며 흥미롭게 박석기 가주와 박현을 번갈아 쳐다보았다.

쾅!

묵직한 소리에 조완희와 골통 3인방은 눈살을 찌푸리며 고개를 슬쩍 틀었다.

"애먼 놈 머리에 구멍 나겠네."

그리고 사도현 회장의 말을 들으며 실눈으로 박현을 쳐다보았다.

"어라?"

사도현 회장의 목소리가 살짝 커졌다.

묵직한 소리는 곡괭이 날과 박현의 머리 사이에서 울린 것이 아니었다.

곡괭이 자루와 박현의 팔뚝 사이에서 난 소리였다.

떨리는 곡괭이 날은 뱀의 혓바닥처럼 박현의 머리 바로 위에서 파르르 떨고 있었다.

"산신은 산신이로구나! 홋차!"

박석기 가주는 곡괭이 머리로 박현의 팔을 끌어당겼다. 팔이 곡괭이에 묶여버리니 머리가 비는 것은 당연지사, 박석기 가주는 몸을 날려 그의 턱을 차올렸다.

퍽!

박현의 머리가 뒤로 젖혀졌다.

"노인네 무섭……, 어랄라?"

사도현 회장은 말을 하다 말고 눈을 번쩍 떴다.

박현의 머리가 뒤로 젖혀진 것은 맞지만 그렇다고 박석기 가주의 발이 그의 턱을 차올린 것도 아니었다. 박현의 또 다른 손, 오른손이 박석기 가주의 발을 막아낸 것이었다.

아니 더 나가 박현은 박석기 가주의 발을 움켜잡았다.

"크르르르르르."

박현은 번들거리는 붉은 눈으로 박석기 가주를 내려다보았다.

"이놈, 어림없다!"

박석기 가주는 발을 붙잡힌 채로 허리를 튕겨 몸을 세우며 박현의 머리를 향해 곡괭이를 휘둘렀다.

"크하아악!"

하지만 그보다 박현의 움직임이 먼저였다.

후우우웅—

박현은 몸을 틀어 곡괭이를 피하며 그 반동으로 박석기 가주의 몸을 땅바닥에 내려찍었다.

콰앙—

하지만 그건 시작이었다.

적암 스님에게 그랬던 것처럼 박현은 우악스럽게 박석기 가주의 다리를 잡고 바닥으로 마구 내려찍었다.

"젠장!"

그 모습에 사도현 회장은 뒤늦게 웃음기를 지우며 박현에게로 달려 나갔다.

"이크!"

사도현 회장은 박현의 품으로 파고들며 호미걸이 수로

다리를 걸어제쳤다.

제아무리 막무가내 힘으로 밀어붙이는 박현이라고 해도 균형마저 우악스럽게 가져갈 수는 없는 법.

쿵!

박현은 균형을 잃고 엉덩방아를 찧었다.

그 사이 사도현 회장은 박현의 팔뚝을 쳐 박석기 가주를 그에게서 떨어뜨린 후 재빨리 박석기 가주를 안아 뒤로 빠졌다.

"이거……, 쿨럭! 늙어서 망신살을 뻗쳤군."

"아직 정정하시면서 뭘 그럽니까? 뭐가 망신살이라고……."

박석기 가주는 내장이 상한 듯 피를 토해내는 와중에도 실없는 농을 건넸고, 그 농에 사도현 회장은 안도감을 내비쳤다. 농담할 수 있다는 것 자체가 최악은 면했다는 뜻이었으니까.

"망치야, 너는 어서 노친네를 밑으로 뫼셔라."

"예, 예."

망치 박은 사도현 회장의 말에 서둘러 박석기 가주를 업었다.

"소승을 따라와."

당래불.

망치 박은 굳은 얼굴로 고개를 끄덕이며 박석기 가주를 등에 업고 당래불을 따라 암자를 달려 내려갔다.

　"그나저나 악기라."

　사도현 회장은 굳은 표정으로 장내를 쳐다보았다.

　스스슥—

　적암 스님의 직전 제자, 무승 중 네 명은 빠르게 박현의 네 방위를 점했다.

　"마하반야바라밀다심경 관자재보살 행심반야바라밀다시 조견 오온개공 도 일체고액……."

　"마하반야바라밀다심경 관자재보살 행심반야바라밀다시 조견 오온개공 도 일체고액……."

　"마하반야바라밀다심경 관자재보살 행심반야바라밀다시 조견 오온개공 도 일체고액……."

　사방위를 점한 네 명의 무승의 입에서 불경 중 반야심경[1] 이 흘러나왔다.

　고오오오오오—

　단순한 반야심경의 독경이 아니었다.

　정광하고 심오한 불력(佛力)이 담긴 항마(降魔)였다.

　항마.

　항복시킬 항에 마귀 마.

　말 그대로 마귀나 귀신, 악을 굴복시키는 대자비 부처의 불언(神言)이었다.

그 부처의 신언의 항마력은 상상 이상이었다.

"크흐으으으으."

박현은 양손으로 귀를 막으며 괴로워했다.

하지만 네 명의 무승이 만들어내는 독경은 단순한 음파가 아니었다. 그렇다 보니 아무리 귀를 막는다 해도 소용없었다.

"크하아아아아악!"

박현은 괴로워하다가 저항의 울음을 터트렸다.

그의 악이 가득한 울음은 네 명의 무승이 만들어낸 불법의 기운을 잠시 흔들 정도로 강대했다.

충격에 잠시 흔들렸던 무승들은 다시 합장을 하며 더욱 불력을 증폭시켰다.

"크르르르."

박현이 다시 불경에 억눌리며 기세가 잠시 꺾이자, 대기하고 있던 또 다른 무승이 일천(一千) 염주를 던졌다.

척!

일천 염주는 올가미처럼 날아가 박현의 목을 완벽히 에워 감쌌다.

무승은 일천 염주를 당겨 합장하며 고고한 불법을 읊기 시작했다.

"옴 아모가 바이로차나 마하무드라 마니 파드마 즈바라 프라바 를타야 훔!"

그에게서 광명진언(光明眞言)[2]이 노도(怒濤)처럼 흘러나왔다.

헐렁하게 걸쳐진 일천 염주.

올가미처럼 완벽하게 목을 죈 것도 아니건만 박현은 괴로운 듯 목에 걸린 일천 염주를 움켜잡은 채 괴로워하며 무릎을 꿇었다.

하지만 그것도 잠시.

"크르르르르!"

불력에 짓눌렸던 박현의 악의 신력이 꿈틀거렸다. 그 움직에 맞춰 박현은 힘겹게 한쪽 무릎을 세웠고, 서서히 자리에서 일어나기 시작했다. 더불어 기세를 일으킨 악의 신력이 사방으로 뻗어 나갔다.

그리고 무승들의 불력을 흔들었다.

"옴 아모가 바이로차나……"

광명진언을 읊던 무승의 목소리가 잠시 끊겼다.

그 무승의 안색이 파리해지더니 곧 얼굴은 식은땀으로 범벅이 되어 버렸다.

비단 일천 염주로 박현을 옭아맨 무승뿐만이 아니었다.

"마하반야바라밀다심경…… 관자재보살 행심반야바라

밀다시 조견…… 오온개공 도 일체고액……."

"……마하반야바라밀다심경 관자재보살 행심반야바라
밀다시 조견 오온개공…… 도 일체고액……."

"마하반야바라밀다심경 관자재보살…… 행심반야바라
밀다시 조견 오온개공 도 일체고액……."

반양심경을 읊던 네 명의 무승들의 독경 소리도 어느 순
간 각자의 목소리가 어긋나기 시작했다.

쾅!

박현은 마지막 한 다리마저 땅을 디디며 몸을 일으켜 세
웠다.

"크르르르르르!"

박현은 부들부들 떨리는 손으로 목에 걸쳐진 일천 염주
를 움켜잡았다.

"크르!"

박현의 윤기가 흐르는 칠흑 같은 털이 바싹 곤두섰다. 그
럴수록 그의 피처럼 붉어진 안광이 더욱 짙어져 갔다.

"크하아아아악!"

박현은 몸을 살짝 웅크리더니 화산이 폭발하듯 울음을
터트리며 몸을 다시 일으켜 세웠다.

그 울음은 악마의 것이었다.

또한, 마귀의 것이었고, 저승의 울음이기도 했다.

쩌저정!

유리창이 깨지듯 청아한 독경 소리가 깨졌다.

퍼버벅— 후드드득—

일천 염주가 군데군데 염주알이 터졌고, 이내 박현을 옭아맨 일천 염주가 끊어져 바닥으로 쏟아져 흘러내렸다.

"크하아아아악!"

박현은 충격을 받고 뒤로 비틀거리며 무승을 향해 몸을 날려 발톱을 휘둘렀다.

후드드드득!

조완희가 몸을 날려 무승의 뒷덜미를 잡으며 바닥에 녹두 씨알을 뿌렸다.

그러자 땅에서 녹색 갑옷을 입은 팽배수 녹두병들이 모습을 드러내며 일자 방패진으로 박현의 발톱을 막았다. 그 뒤로 땅을 뚫고 올라온 총통수 녹두병들이 일제히 승자총통을 박현을 향해 겨눴다.

타다다다당!

현대의 총소리와는 조금 다른, 그리고 약한 총소리가 승자총통에서 쏟아졌다.

따다다다닥!

십여 발의 쇠구슬이 박현의 몸에 박혔다가 튕겨져 나왔다.

"크하아아아악!"

박현은 양팔을 벌린 채 모습을 드러내며 진열을 정비하는 녹두병을 향해 분노를 터트렸다.

그러는 사이 조완희는 무승을 데리고 안전하게 후방으로 빠질 수 있었다.

"도대체 이게 어찌 된 일입니까?"

조완희는 무승을 이승환 사범에게 넘기며 다급히 김말자에게 물었다.

"그, 그게……."

"무슨 일이 있었던 겁니까!"

"……."

김말자는 어쩌면 북천무가의 치부가 될 수 있는 일을 차마 말할 수 없었다.

"도대체…… 무슨 일이 있기에 현이가 악에 잡아먹힌 겁니까!"

조완희는 김말자에게 성큼 다가가 윽박지르며 다시 물었다.

퍼버벅 퍼벅!

하지만 조완희는 김말자를 더는 압박하지 못했다.

박현의 공격에 녹두병사들의 진영이 무너지기 시작했기 때문이었다.

"젠장!"

녹두병사들은 아픔을 모르는 용감한 병사들이다. 하지만 강한 것은 아니었다.

쿵!

조완희는 이를 악물며 언월도를 꺼내 들었다.

그리고는 곧바로 강신술로 관성제군을 몸으로 불러들였다.

툭—

조완희의 고개가 아래로 뚝 떨어졌다.

"으하하하하하하!

고개가 떨어지자마자 조완희는 큰 웃음을 터트리며 눈을 번쩍 떴다.

"한 마리 못된 야수로구나!"

조완희는 녹두병사들을 짓밟고 있는 박현을 향해 몸을 훌쩍 날렸다.

쐐애애애애애액!

거대한 언월도가 반월의 기운을 허공에 그리며 박현의 머리 위로 떨어졌다.

박현은 재빨리 양팔을 교차하며 머리를 방어했다.

콰아앙—

조완희, 관성제군의 언월도가 박현의 팔뚝에 꽂혔다.

츠츠츳—

언월도의 칼날을 따라 박현의 검은 피가 주르르 흘러 바닥으로 떨어졌고, 언월도에 베인 박현의 팔뚝 위로 흘러나온 검은 악기가 허공으로 사라지고 있었다.

"크르르르르르."

박현은 붉은 살기를 적안으로 터트리며 조완희를 노려보았고, 조완희, 관성제군은 히죽 웃음을 드러냈다.

"미친개에게는 몽둥이가 약이 아니겠는가?"

조완희는 뒤로 성큼 한 걸음 물러나며 언월도를 수평으로 휘둘러 박현의 허리를 노렸다.

"이번에 결착을 내어보자꾸나! 하앗!"

*　　*　　*

"이, 이게 무슨 일이냐?"

당래불을 통해 지금의 사달을 듣고 달려온 신비선녀는 관성제군을 강신한 조완희와 흑호로 변한 박현의 충돌을 보자 안색이 파리하게 변했다.

"어, 언니!"

그런 그녀를 보자 김말자가 불안함에 떨며 달려왔다.

"내 이래서……. 내 이래서……. 경거망동하지 말라 그렇게 일렀거늘."

신비선녀는 그런 김말자를 달랠 틈도 없이 무승을 불렀다.

"스님, 조용히 모든 무승을 불러주세요. 불진(拂進)을 짜서 악기를 눌러야겠습니다."

"그리합지요."

"사 회장님."

"말씀하시지요."

"조용히 이곳을 폐쇄해 주세요."

"흠……. 일단 그리합지요."

사도현 회장은 궁금증을 누르고는 고개를 끄덕이며 이승환 사범을 불러 빠르게 지시했다.

그 사이 신비선녀도 바삐 결계를 치기 위해 부지런히 사방으로 돌아다녔다.

9궁(宮)과 8괘(卦)에 맞춰 신성한 나무와 돌을 찾아 부적으로 그 힘을 증폭시켰다.

그러는 사이 스무 명 남짓한 무승들이 암자로 올라왔다.

"항마불도진(降魔佛島進)을 펼쳐라!"

적암 스님의 사제인 적성 스님이 빠르게 상황을 파악하며 무승들에게 명을 내렸다.

무승들은 두셋씩 짝을 지어 8방위를 점했다.

그리고 불법의 기운을 끌어올렸다.

쾅! 쾅! 쾅! 쾅!

매 일격, 오가는 공방 하나하나가 매서웠다.

관성제군을 받아들인 조완희가 휘두르는 언월도는 폭풍처럼 매서웠으며, 흑호가 된 박현의 발톱과 힘은 태산처럼 험악하기 이를 데 없었다.

당연히 둘의 몸은 피로 물들어 갔다.

그럼에도 둘은 한 치의 후퇴도 없었다.

마치 철천지원수처럼.

"크하아아아악!"

박현은 시퍼렇게 날이 선 언월도를 어깨로 막으며 조완희의 얼굴로 발톱을 휘둘렀다.

퍽!

언월도가 박현의 어깨에 박히며 피가 튀었고.

서걱!

조완희는 박현의 발톱을 다급히 얼굴을 뒤로 젖혀 피했지만, 그의 날카로운 발톱은 조완희의 가슴을 갈랐다.

검은 피와 붉은 피가 주인들과 같은 마음이었는지 허공에서 부딪히며 바닥으로 떨어졌다.

그럼에도 둘은 뒤로 물러나지 않았다.

박현은 훅을 날리듯 다시 조완희의 얼굴을 향해 발톱을 휘둘렀고, 조완희는 언월도를 회전시켜 박현의 옆구리를 베어들어 갔다.

퍽— 콱!

다시 둘 사이에서 피가 튀었다.

누군가 죽어야 끝날 싸움처럼 변해버린 싸움.

그 싸움에 불무도 무승들과 신비선녀가 끼어들었다.

"마하반야바라밀다심경 관자재보살 행심반야바라밀다시 조견 오온개공 도 일체고액……."

"마하반야바라밀다심경 관자재보살 행심반야바라밀다시 조견 오온개공 도 일체고액……."

"마하반야바라밀다심경 관자재보살 행심반야바라밀다시 조견 오온개공 도 일체고액……."

스무 명의 무승들이 일제히 반야심경을 독경하며 항마력을 박현에게 집중시켰다.

"크하아아아아아아!"

조완희와 목숨을 건 사투를 벌이던 박현은 푹 쓰러지듯 바닥에 무릎을 꿇으며 양손으로 귀를 틀어막았다. 섬뜩한 이빨 사이로 고통에 찬 비명이 흘러나왔다.

"크하아아아아앙!"

하지만 박현은 거대한 울음을 터트리며 앞발을 이용해 빠르게 튀어나가 무승들을 향해 앞발을 휘둘렀다.

투웅—

그에 앞서 아슬아슬하게 부적 한 장이 하늘로 날아올라가 푸른빛을 뿌리며 결계를 만들어냈다. 박현은 그 결계에 부딪혀 무승들을 덮치지 못하고 뒤로 튕겨져 나왔다.

"크하아악, 크하아앙!"

박현은 울음을 터트리며 연신 사방으로 날뛰었지만 결계를 벗어날 수 없었다. 아니 벗어나려고 하면 할수록 무승들이 만들어낸 불법의 기운이 오히려 그의 목을 옥죄었다.

"크르르르르!"

고통에 더욱 살기가 짙어진 박현은 시퍼런 눈으로 언월도를 들고 서 있는 조완희를 쳐다보았다.

"크하아아아앙!"

박현은 분풀이라도 하겠다는 듯 그에게로 달려들었다.

하지만 한 장의 부적이 날아와 박현을 뒤로 밀어버렸다.

신비선녀가 날린 것이었다.

"그만하면 되었습니다."

신비선녀는 피투성이가 된 조완희의 몸에 강신한 관성제군을 데리고 뒤로 물러났다.

"나머지는 스님들이 마무리 지을 겁니다."

"아쉽군."

조완희는 묵직한 목소리로 진한 아쉬움을 내뱉으며 박현을 쳐다보았다.

"나가시지요."

재차 이어진 그녀의 목소리에 조완희는 신비선녀와 함께 결계를 벗어났다.

그러자 무승들의 독경 소리는 더욱 커졌고, 그들은 세 개의 큰 원을 만들어 박현을 중심으로 돌기 시작했다.

동시에 두 명의 무승, 적성 스님과 그의 사제 적인 스님이 나섰다.

차라라랑―

적성 스님은 석장(錫杖)[3]을 머리 위에서 휘두르며 바닥을 찍었고, 적인 스님은 양쪽에 칼날이 붙어 있는 금강저(金剛杵)[4]를 각각의 손에 움켜잡으며 기수식을 취했다.

"옴 아모가 바이로차나……."

적성, 적인 스님이 각각의 법구이자 무구인 석장과 금강저에 광명진언을 담자 두 법구는 황금빛을 머금기 시작했다.

"크하아아앙!"

박현은 결계 안으로 들어온 적인 스님을 향해 달려들었다. 하지만 그의 움직임은 굼뜨기 짝이 없었다.

"하앗!"

적인 스님은 유려하게 몸을 비틀며 금강저의 칼날로 박현의 옆구리를 베고 지나갔다.

파삭!

검상의 파음이 달랐다.

박현의 옆구리는 마치 열기를 머금은 숯이 부서진 듯 시커멓게 타버린 살점이 허공으로 날렸고, 검상을 입은 옆구리는 화상 자국이 선명했다.

"크르르르르!"

그 고통이 상상 이상이었는지 박현은 어금니를 꽉 깨물며 신음을 참아내고 있었다.

카라라라라랑!

그런 박현의 다리로 적성 스님의 석장이 날아와 허벅지를 때렸다.

파삭!

석장이 후려친 박현의 허벅지의 검은 털들이 재가 되어 날아가고, 허벅지에는 빨간 열기가 남은 화상이 만들어졌다.

"크하아악!"

박현은 무릎이 강제로 바닥에 꿇려졌다.

파삭!

적성 스님의 석장이 우아하게 원을 그리며 박현의 턱을 올려쳤다.

그 일격에 박현의 몸이 뒤로 무너졌다.

"크르르르르."

머리가 깨지는 듯한 불경 소리, 머리를 파고드는 끔찍한
기운의 고통.

박현의 시야는 희뿌옇게 변해갔다.

그런 그의 시야에 천근보다 무거운 불법의 힘이 담긴 일
천 염주가 가득 드리웠다.

『안 돼!』

그런 박현의 머릿속으로 한 여인의 비명이 흘러들어 왔
다.

흐릿해진 시야가 짧지만 선명하게 바뀌었다.

신비선녀 뒤 자지러질 듯 비틀거리는 한 여인.

자신의 무녀, 한설린이었다.

『신이시여, 나의 신이시여!』

울림.

『일어나소서. 그대가 무엇이든지 당신은 나의 신이십니
다.』

한설린은 눈이 뒤집히며 그 자리에 풀썩 쓰러졌다.

"아아아아—."

그런 그녀의 몸이 다시 허공으로 떠올랐다.

하지만 평소 그녀가 내뿜던 새하얀 신력이 아니었다. 먹
구름을 떠올릴 법한 검은 기운이 뿜어져 나오고 있었다.

번쩍!

그녀가 눈을 번쩍 뜨자 온통 검은 눈자위가 드러났다. 그런 그녀의 눈 주위를 검은 핏줄이 뒤덮었다.

좌라라라락—

한설린이 손을 휘두르자 소매에서 부적 띠가 뱀처럼 흘러나와 결계를 뚫고 길을 만들었다.

"안 된다!"

사도현 회장이 급히 그녀의 뒷덜미를 잡으며 바닥으로 내팽개쳤다.

좌르르르르!

그러자 또 하나의 부적 띠가 뱀처럼 소매에서 흘러나와 사도현 회장의 발을 에워 감쌌다.

화르르르륵!

부적은 검은 불길을 만들어내 사도현 회장의 다리를 집어삼켰다.

"헛!"

심상찮은 열기에 사도현 회장은 재빨리 손바닥으로 검은 불을 끄려 했지만 불길은 쉽사리 꺼지지 않았다.

신비선녀는 한설린이 결계 안으로 들어가는 것을 막기 위해 길목을 막아섰지만 길목을 다시 내어줄 수 밖에 없었다. 그녀를 막는 것만큼 사도현 회장의 안전도 중요했기 때문이었다.

신비선녀는 재빨리 사도현 회장의 다리에 난 신불을 끄며 한설린을 눈으로 좇았지만, 그 사이 그녀는 결계 안으로 들어가 버린 후였다.

화르르르륵!

한설린의 소매에서 기어나온 부적 띠는 양 갈래로 갈라진 후 검은 불을 더해 적성 스님과 적인 스님을 공격해 들어갔다.

"헉!"

"헛!"

적성 스님과 적인 스님은 지옥의 불을 연상케 하는 검은 불에 황급히 뒤로 물러났다.

퍼버벙!

부적이 둘이 서 있던 자리에 내려꽂혔고, 그 자리에서 폭탄이 터진 듯 검은 불이 치솟아 올랐다.

그러는 사이 한설린은 숨조차 제대로 쉬지 못하며 괴로워하는 박현 옆에 내려앉았다.

『나의 신이여.』

"물러나지 못할까!"

"갈!"

적성 스님과 적인 스님이 노기를 터트리며 한설린에게로 달려들었다.

『하앗!』

얼굴이 표독스럽게 변한 한설린이 양손을 합장하며 빠르게 수인을 맺었다.

그러자 띠를 이룬 부적들이 흩어졌다. 흩어진 부적들은 부나방처럼 넓게 퍼져 적암 스님과 적인 스님의 앞을 가로막았다.

시간을 번 한설린은 재빨리 일천 염주를 움켜잡았다.

치지지지직—

"끄윽!"

일천 염주를 잡은 한설린의 손에서 퀴퀴한 살타는 냄새와 함께 연기가 피어올랐다. 하지만 한설린은 어금니를 꽉 깨물며 금빛 불력을 담은 일천 염주를 뜯어버렸다.

후드드드드득!

박현의 일천 염주는 바닥으로 떨어지자 하얀 재가 되어 사라졌다.

『일어나서 저들의 무릎을 꿇리세요. 신의 이름으로.』

한설린은 박현을 억세게 끌어안았다.

박현의 고통과 상처가 한설린에게로 옮겨가자 그녀는 고통에 몸을 부들부들 떨었다.

"크르르르르르."

정신을 차린 박현은 눈을 부릅떴다.

마치 정전이 되었다 다시 전기가 돌아와 전등이 환하게 밝아진 듯 정신이 돌아왔다.

그리고 밀물처럼 떠오르는 기억들.

『김말자.』

박현은 자리에서 천천히 일어나 김말자를 쳐다보았다.

눈이 마주치자 박현은 히죽 웃음을 드러냈다.

『아—.』

한설린은 정신을 되찾은 박현을 올려다보며 고통을 이기지 못해 눈물을 흘리면서도 환하게 웃음을 지었다.

마치 천사의 웃음처럼.

순박한 아이의 웃음처럼.

*용어

1) 반야심경: 불교의 대표적인 경전으로 대승불교 반야사상의 핵심을 담은 경전으로, 600여 권에 달하는 대반야바라밀다경을 270자로 축약, 부처님의 깊은 진리를 담은 경전이다.

2) 광명진언(光明眞言): 광명진언은 비로자나불의 목소리이다. 비로자나불은 모든 부처님의 진신(眞身, 육신이 아닌 진리의 모습, 즉 법신불). 비로자나불은 빛깔이나 형상이 없는 우주 본체를 모습을 뜻한다. 광명진언은 이러한 비로자나불의 진언으로 산 자와 죽은 자 모두에게 새로운 태어남을 내리는 신령한 힘을 지니고 있다. 광명진언을 독경하면 악귀와 악령이 사라지고, 각종 마(魔)가 해를 끼치지 못하는 등 수많은 불력을 담고 있다.

3) 석장(錫杖): 승려들이 길을 나설 때 짚는 지팡이. 보통 구리나 청동으로 만든다. 6바라밀을 뜻하는 6개의 고리가 머리에 달려있어 육환장(六環杖)이라고도 한다. 밀교의 법승들은 석장 끝에 칼날이라든지 혹은 석장대 안에 칼을 넣어두어 무구로 사용하기도 했다고 한다.

4) 금강저(金剛杵): 승려들이 수행하는 법구이자, 고
대 인도의 무기이다. 인도신화에서는 인드라가 아수라
들을 물리칠 때 쓰인 무기이다. 금강저는 인드라의 번
개를 상징하며, 밀교에서 즐겨 사용한다.

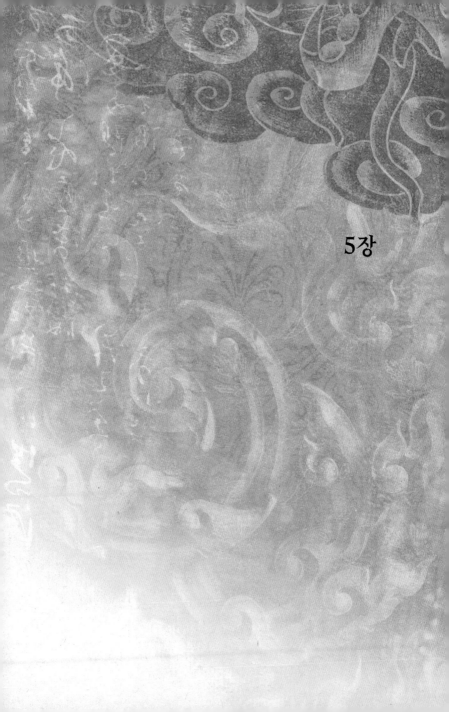

5장

우드득 우득!

박현은 목을 꺾으며 일말의 남은 몽롱함을 털어버렸다.

후우우우우우—

거칠기만 하던 검은 기운이 차츰 안정을 찾았다.

"하아—."

박현은 뭔가 시원하게 숨을 내쉬었다.

『인간의 탈을 벗으니 이리도 좋은 것을…….』

팟!

그리고 입꼬리를 살짝 말아 올리더니 그 자리에서 사라졌다.

콱!

그리고 모습을 드러낸 곳은 바로 김말자 앞이었다.

"컥!"

박현을 김말자의 목을 움켜잡아 올려 자신과 시선을 나란히 맞췄다.

"어, 어떻게?"

가장 놀란 건 김말자 곁을 지키던 신비선녀였다.

그녀의 시선이 결계로 향했고, 결계 한 부분에 놓인 부적한 장을 발견했다. 그 부적이 미세하게나마 결계에 틈을 만들어 놓은 것이었다.

'린아.'

이해한다.

박현의 무녀인 그녀에게는 오로지 그밖에 보이지 않을 터이니. 또한 박현의 악의 기운에 자연스레 동화된 그녀이기에 옳고 그름을 판단하지 못할 터.

그렇다 하여도 이 참담함에 눈을 감았다.

그때였다.

"어딜!"

사도현 회장이 이승환 사범의 어깨를 타고 몸을 날리며 박현의 얼굴을 향해 발을 차올렸다.

쾅!

묵직한 파음이 그의 발과 박현의 턱 사이에서 터졌다.

"......!"

발바닥이 아릿할 정도의 충격에 사도현 회장의 눈이 부릅떠졌다.

바로 박현의 어깨에서 흘러나온 검은 연기가 단단하게 뭉치더니 방패처럼 그의 발을 막아냈기 때문이었다.

사도현 회장은 눈가를 찌푸리며 자신을 향해 두둥실 떠 있는 반유형의 주름이 잡힌 묵빛 원반을 쳐다보았다.

사박 사박—

사도현 회장이 굼실굼실 품을 밟자 검은 원반은 그의 움직임에 맞춰 방향을 틀었다.

"흡!"

주름이 잡힌 검은 원반, 그건 바로 조개였다.

용을 이루는 아홉 중 하나.

신비선녀는 튀어나오려는 비명을 겨우 입을 가려 막았다.

'들켜서는 안 돼!'

박현이 진신이 용인 것은 알려져서는 안 된다.

하지만 문제는 박현 그 자체였다.

"크르르르르!"

주변은 신경도 쓰지 않던 박현은 품을 밟아오는 사도현 회장을 보며 낮게 울음을 드러냈다.

"이크, 에크!"

곁치기 수로 발바닥으로 허벅지를 차던 사도현 회장은 검은 원반이 그의 발을 따라 박현의 허벅지를 보호하자 힘 있게 기합을 지르며 다리를 틀어 발따귀 수로 박현의 뺨을 후려쳤다.

쾅!

"……!"

사도현 회장은 자신의 발을 막아선 또 다른 검은 원반에 입술을 질끈 깨물며 크게 옆으로 품을 밟아나갔다.

『나를 방해하지 마라!』

박현은 김말자를 옆으로 집어던지며 사도현 회장을 향해 몸을 틀었다.

콱!

신비선녀가 재빨리 김말자를 받아들려고 달려 나갔지만 그보다 먼저 두 개의 조개껍질이 크기를 키우더니 그녀를 덥석 집어삼켰다.

"악!"

그때 한설린의 비명이 터졌다.

박현은 눈썹을 꿈틀거리며 결계 안을 쳐다보았다.

한설린이 적성, 적인 스님에게 일천 염주로 포박이 된 채 무릎이 꿇려 있었다.

퍼억!

그 빈틈을 타고 사도현 회장이 박현의 허벅지를 후려 찼다. 절묘하게 균형마저 무너트리는 발길질에 박현의 무릎이 바닥으로 꺾였다.

"크르르르르!"

박현은 짜증이 난다는 듯 고개를 돌려 품으로 파고드는 사도현 회장을 향해 손을 뻗었다.

꽉!

박현은 사도현 회장의 발차기에도 아랑곳하지 않고 우악스럽게 그의 얼굴을 움켜잡았다.

하지만 그는 역발문의 종주, 택견의 회장이었다.

그는 오히려 양손으로 손목을 잡고 다리로 박현의 팔을 감싸며 관절을 꺾었다.

이종격투기의 기술 암바였다.

까득― 까득―

팔꿈치 뼈가 뒤틀리며 박현은 얼굴이 일그러졌다.

『감히!』

고통에 찬 박현의 몸에서 검은 기운이 폭사되더니.

"쿠허어어어어!"

박현의 포효의 울음이 바뀌었다.

순식간에 박현의 몸집이 커졌고, 그에 따라 팔뚝 또한 두

배가량 굵어졌다. 박현은 한층 커진 손으로 사도현 회장의 머리를 완벽하게 움켜잡더니 두터워진 팔을 하늘로 번쩍 들어올렸다.

콰앙!

그리고는 가차 없이 사도현 회장의 머리를 바닥으로 내려찍었다.

"큭!"

상당한 충격에 사도현 회장의 입에서 신음이 튀어나왔다.

『본인의 일을 방해해!』

쾅쾅쾅쾅쾅!

사도현 회장이 미처 반응도 하기 전에 박현은 수차례 그의 머리를 바닥에 찍어 내렸다.

쾅!

박현은 머리가 깨진 듯 땅바닥으로 붉은 피가 스며드는 사도현 회장을 내려다보며 다시 한번 바닥으로 찍어버렸다.

"꺽!"

미약한 신음과 함께 사도현 회장의 몸이 파르르 떨렸다.

"개새끼야!"

이승환 사범은 피가 터지는 사도현 회장을 보자 눈이 뒤집히며 박현을 향해 몸을 날렸다.

"……!"

박현을 향해 몸을 날리던 이승환의 눈이 부릅떠졌다.

더욱 거대해진 키.

갑옷처럼 보이는 두꺼운 근육.

그리고 머리 위에 솟은 두 개의 뿔.

흑우(黑牛).

한 마리 호랑이가 아닌 살기를 머금은 투우(鬪牛), 소의 모습이었기 때문이었다.

박현, 흑우는 바위처럼 단단한 주먹으로 놀란 눈을 부릅뜬 이승환 사범의 가슴을 향해 휘둘렀다.

쾅!

이승환 사범은 피를 뿌리며 뒤로 날아가 나무에 부딪히며 바닥으로 떨어졌다.

"쿨럭! 끄으으으!"

이승환 사범은 피를 내뱉으며 다시 자리에서 일어났다.

스스스스슷!

흑우로서의 온전한 모습이 드러난 순간 박현의 주변으로 자욱한 안개가 만들어졌다.

「또 다른 모습을 드러내서는 안 됩니다!」

신비선녀의 다급한 전음이 박현에게로 들려왔다.

다행히 흑우의 모습을 본 건 이승환 사범뿐이었다.

「더는 안 됩니다. 진신을 들켜서는 안 되옵니다!」

신비선녀는 결계로 향하는 박현의 앞을 가로막아 섰다.

『그렇지. 너도 있었지. 감히 나를 농락한.』

박현은 신비선녀의 목을 부러트릴듯 움켜잡았다.

「아니 됩니다. 누구에게도 들켜서는……, 보, 봉황의 눈은 어디에도…….」

신비선녀는 모든 기력을 쥐어짜내 전음을 보냈다.

절규에 가까운 그녀의 말에 박현의 움직임이 멈칫 멈추었다.

『짜증나는군.』

봉황을 떠올리자 살기가 주체할 수 없을 정도로 끓어올랐다.

"꺼억!"

신비선녀는 숨이 막히자 괴로운 신음을 흘렸다.

아무리 살기가 치솟아도 지금은 때가 아니다.

모든 이들을 죽여 입을 막는다면 모를까.

박현은 안개 너머 다시 끓어오르는 불법의 기운에 눈살을 찌푸렸다.

한설린의 도움으로 육체적 상처는 치유되었지만 그렇다고 완벽하게 정상으로 돌아온 것도 아니었다. 거기에 이지를 상실했을 때 불법의 기운에 받은 정신적 충격이 채 가시지 않은 상황.

이 자리의 모든 이들을 죽여 입막음을 하고 싶지만 불가능한 상황.

무승도 무승이었지만, 중상을 입은 채 다시 언월도를 드는 조완희가 눈에 밟혔다.

'고작 인간 하나에 마음이 흔들리다니.'

박현은 결계 안으로 팔을 뻗었다.

그의 팔은 흑우의 검은 털이 사라지며 매끈한 검은 피부로 바뀌며 길게 늘어났다. 박현은 고무팔처럼 늘어난 팔로 한설린의 허리를 감싼 후 그녀를 품으로 끌어당겼다.

『일단 너를 살려둔다 해서 너를 용서한 것은 아니다. 다시 본인을 보는 날, 너는 죽는다.』

일단 좀 더 쓸모가 있어 살려준다는 생각을 했지만, 실은 하찮은 인간인 조완희가 자꾸 마음에 걸렸기 때문이었다.

『쯧.』

마땅찮은 이 상황에 박현은 혀를 차며, 허공으로 축지를 밟았다.

"막아라! 살계를 펼쳐서라도 저자를 막아라!"

적성 스님.

그의 명에 적인 스님과 무승들이 일제히 허공으로 몸을 날렸다.

후우우웅!

신비선녀는 다급히 부적 몇 장을 날려 결계를 다시 펼쳐 결계의 구멍을 메웠다.

무승들은 결계에 갇혀 박현의 뒤를 쫓지 못하고 결계 안으로 튕겨져 나갔다.

"신비선녀!"

적성 스님이 노여움을 참지 못하고 소리를 쳤다.

그의 노성에도 신비선녀는 아랑곳하지 않고 재빨리 눈으로 조완희를 찾았다.

"완희야. 현이 님을 이대로 놔두어서는 안 된다. 네가 막아야 한다. 어서!"

"예."

조완희는 상처를 치료할 사이도 없이 부적으로 축지술을 펼쳐 박현의 뒤를 쫓아 사라졌다.

'제발, 제발 악에 먹히지 마시옵소서!'

신비선녀는 박현이 사라진 곳을 향해 연신 허리를 숙여 손을 비비며 간절하게 빌고 또 빌었다.

*　　　*　　　*

"헉헉헉!"

도깨비 서기원은 산 정상으로 뛰어 올라갔다.

"해태 님! 어디 있어야!"

크게 숨을 들이마시고는 함성을 지르듯 소리쳤다.

메아리가 저 멀리 하늘로 닿았을 무렵, 상당한 기운의 파동이 느껴졌다.

『무슨 일이냐?』

하늘 위에 해태가 모습을 드러냈다.

"큰일 났어야."

서기원이 재빨리 뛰어가 바짓가랑이를 잡고 흔들었다.

『어허. 이놈아, 나 어디 안 간다. 숨이나 돌리며 말하거라.』

"그럴 새가 없어야. 혀, 현이가 악신이 되었어야."

서기원은 가쁜 숨을 애써 밀어 넣으며 빠르게 말을 이었다.

팡―

『뭣이라?』

해태의 몸에서 상당한 기의 파장이 터졌다.

"우메―, 나 날아가야."

서기원은 그 기운에 휩쓸려 바닥에 몇 바퀴 또르르 굴렀다.

『미안하구나.』

해태는 재빨리 신력으로 바닥을 구르는 서기원을 자신의 앞으로 끌어당겼다.

『다시 말해 보겠느냐?』

"그게 현이가 북천무가의 김말자를 만났다고 들었어야. 그리고 갑자기 악신이 되었다고…….."

『허허, 허허허허.』

어떻게 된 상황인지 대략 그림이 그려졌다.

서기원의 말에 해태는 눈을 감으며 탄식을 터트렸다.

『그래서?』

"상황이 그리 안 좋아야. 택견의 사도현 회장과 농문의 박석기 가주하고, 불무도의 무승 여럿이 다쳤어야. 신비선녀도 현이를 놓아주면서……. 여튼 중요한 건 현이여야. 신비선녀의 말에 의하면 악기가 박현의 독기 어린 성격과 크게 어긋나지 않아 당장 큰 문제를 일으키지는 않을지라도, 이대로 시간이 흘러 동화가 되면야. 완전히 악신이 되어 끔찍한 재앙이 될 수 있다고 했어야."

서기원의 말에 해태의 표정이 어두워졌다.

가뜩이나 어둡게 자란 녀석이 악의 기운마저 접했다.

아니 그나마 천만다행인가?

어둡게 자라 악의 속성이 있어 악의 기운에 단번에 잡아먹히지 않은 것을.

하지만 서기원의 말처럼 악의 기운과 동화가 된다면.

끔찍한 재앙이라 일컫는 흑룡이 되어버린다.

문제는 자신 혼자 악기를 지울 수 있느냐이다.

『신비선녀가 뭐라 다른 말을 전하라 하지 않더냐?』

해태가 물었다.

"아! 신비 선녀는 용왕께 간다고……."

그 말에 해태의 표정이 굳어졌다.

자신과 용왕이라면 충분히 박현의 악기를 씻어낼 수 있을 거다.

사실 봉황이 나설 리는 없으니, 박현의 악기를 씻어줄 수 있는 건 자신과 용왕 둘뿐이기는 하다만.

'문무의 성정에…….'

해태는 이내 고개를 저어 복잡한 상념을 털었다.

'일단 살려야지. 그렇기에 신비선녀도 악수(惡手)라는 것을 알면서도 그 녀석을 불렀겠지.'

『앞장서거라.』

"알았어야."

『그 전에 호족에 잠시 들르자꾸나.』

"호족에야?"

서기원이 고개를 갸웃거리며 물었다.

*　　*　　*

호두알 크기의 염주가 손안에서 빙글빙글 돌고 있었다.

염주를 돌리는 붉은 용포의 금관을 쓴 장년 사내는 바닥에 바싹 엎드려 있는 신비선녀를 내려다보고 있었다.

동해의 수신.

문무대왕이었다.

"그러니까 짐에게 한 아이의 악기를 씻어 달라?"

"그, 그러하옵니다, 폐하."

"그 아이의 진신이 용이라고?"

"아직은 ……아니옵니다."

모시는 신께 거짓을 고할 수는 없는 법.

"그것보다 겨우 이어진 천가의 핏줄이 그 아이를 섬긴다고?"

용왕 문무의 말에 신비선녀는 몸을 파르르 떨었다.

"부디 미천한 신녀가 간청하옵니다."

신비선녀는 차디찬 장판석에 머리를 찧었다.

"그분의 악기를 씻어주시옵소서."

신비선녀가 절절한 마음을 담아 간청했다.

"본좌가 그래야 할 이유가 있을까?"

툭 툭 툭 툭 툭—

용왕 문무는 심드렁한 목소리로 염주를 돌렸다.

"본좌의 무녀를 가져간 그 아이를, 본좌가 왜?"

"용왕이시여."

신비선녀는 고개를 돌려 용왕 문무를 올려다보았다.

"가라."

용왕 문무는 손을 저어 축객령을 내렸다.

"부디, 부디 한 번만……."

이어진 신비선녀의 간청에 용왕 문무의 표정이 서서히 일그러졌다.

"신비선녀."

언제나 세상사에 관심이 없기에 시큰둥하던 그의 목소리가 서슬이 퍼런 칼날처럼 날카롭게 변했다.

"본좌는 그대 가문에 자비를 베풀었지. 그리고 본좌의 가문에 남으라는 강요도 하지 않았었다."

"으으으으!"

용왕 문무의 기운이 신비선녀를 짓누르기 시작했다.

"본좌의 무가로 남기로 한 건 그대 가문의 충성의 약조였다. 아니 그런가?"

"그, 그러하옵니다."

신비선녀는 고통에 신음하며 겨우겨우 대답했다.

"그걸 그대 가문에서 깼다. 그래서 본좌가 뭐라고 했던가?"

용왕 문무의 기운이 폭풍처럼 거칠어졌다.

"그만하면 본좌가 아량을 베풀 만큼 베풀었다고 생각하는데."

"요, 용서를……."

파방!

경상이 용왕 문무의 기운에 휘말려 산산이 부서져 사방으로 비산했다.

꽉!

용왕 문무는 허공을 날아와 신비선녀 앞에 내려섰다. 그리고는 바닥에 엎드린 신비선녀의 머리를 지그시 밟았다.

"그런데 본좌에게, 본좌의 무녀를 빼앗아 간 어린 것을 위해 힘을 써달라고? 지금 본좌를 우롱하는 것인가!"

용왕 문무의 일갈이 터져 나왔다.

우르르르르!

그 일갈에 용궁의 건물이 흔들렸다.

"꺼억!"

신비선녀는 그 기운을 이기지 못하고 피를 토했다. 하지만 황급히 소매로 피를 닦았다.

『그만하시게.』

온화한 목소리가 거친 용왕 문무의 기운을 부드럽게 풀었다.

문무 용왕은 눈살을 찌푸리며 고개를 돌렸다.

그곳에는 해태가 서 있었다.

"오랜만이군."

용왕 문무는 기운을 거두며 다시 용상으로 몸을 돌렸다.

자신의 자리에 앉은 용왕 문무는 근처 안석 하나를 신력으로 끌어와 맞은편에 내려놓았다.

"차를 가져오라."

용왕 문무의 노여움에 숨을 죽였던 궁녀 차림의 소녀가 서둘러 차를 준비했다.

해태는 용왕 문무와 달리 느릿한 걸음으로 용상으로 걸어갔다.

『가서 몸조리하거라.』

해태는 신비선녀를 부드럽게 일으켜 세운 후 용상 위로 올라가 그와 마주 앉았다.

"이게 얼마 만이지?"

『한 오십 년 되었나?』

해태는 용왕 문무가 따르는 차를 받아들어 한 모금 마셨다.

『역시 좋군. 차 하나는 문무의 차가 최고야.』

"그렇게 좋아한다며 어째 발걸음을 하지 않는 겐가."

『이 사람하고는. 알면서 묻는 심보는 뭔가?』

"본좌는 아직도 잘 모르겠네. 왜 자네가 그토록 어린 봉황의 눈치를 보고 이쪽으로 발걸음을 하지 않는지."

『굳이 분란을 만들 필요는 없지 않은가. 겨우 이 땅에 안

정이 찾아왔는데.』

"흥! 그게 다 누구 때문인데. 싸가지 없는 년놈들."

봉황 문무는 가당치 않다는 듯 코웃음을 쳤다.

『그러는 자네가 나서지 않고.』

"본좌가? 아서게. 본좌는 바다나 바라보며 사는 게 여전히 즐겁네. 겨우 찾은 안빈낙도를 깨라니, 너무하는구먼."

『얼씨구.』

해태는 심드렁한 봉황 문무의 표정에 추임새를 넣었다.

"흠."

용왕 문무의 눈매가 가늘어졌다.

"자네."

『……?』

"혹여……."

용왕 문무의 표정이 어두워졌다.

『눈치챘는가?』

해태는 씁쓸한 표정으로 찻잔을 들었다.

"봉황도?"

『교활한 놈이니 눈치를 챘겠지.』

"……."

용왕 문무는 조용히 눈을 감았다.

『해가 하늘 꼭대기에 걸리면 자연스레 아래로 내려오는

게 세상의 이치지. 하늘님의 뜻이지 않은가?』

해태는 담담히 차를 비웠다.

"역시 피닉스(Phoenix)[1] 때문이겠지?"

『피닉스뿐이겠는가?』

"자네가 피 흘리며 지킨 땅이건만……."

용왕 문무는 말끝을 흐렸다.

『그래서 말이네.』

"……?"

『내 청이 하나 있네.』

"청이라……."

용왕 문무는 고개를 끄덕이며 찻잔을 들었다.

"자네에게는 큰 빚이 있지."

청룡이 되어 동해에 터를 잡을 때, 자신은 어리고 불완전한 존재였다. 해태 역시 갓 천신이 되어 불완전하기는 매한가지였지만, 그런 그를 물심양면으로 도왔다.

그렇기에 해태는 폐쇄적인 성격의 문무가 유일하게 마음을 터놓은 친우이기도 했다.

해태는 고개를 돌려 구석에서 숨을 죽이고 있는 신비선녀를 쳐다보았다.

당연히 용왕 문무도 그 시선의 의미를 모를 리가 없었다.

"자네."

용왕 문무의 눈동자가 잠시 흔들렸다.

"아무리 친우라 하여도……."

『마지막을 배웅 축하하는 선물로 안 되겠나?』

"마지막? 배웅? 설마 자네 그 아이를……."

『내 뒤를 맡겨볼까 하네.』

"그토록 안 좋은 건가?"

용왕 문무는 다그치듯 해태의 상태를 캐물었다.

『아직은 버틸 만하지. 문제는 봉황이여서 말이야. 그 아이가 온전히 눈을 뜰 때까지는 버텨볼 참이네.』

"흠."

용왕 문무는 빈 찻잔을 매만지며 생각에 잠겼다.

『비록 자네나 나나 인간이 만들어 낸 민족에서 벗어난 존재라고 하나……, 이 땅을 사랑하고 아끼는 건 매한가지 아니겠는가?』

"나는 이 땅의 왕이었네."

그것이 어쩌면 용왕 문무가 세상사에 관심을 끊은 이유일지도 모른다.

『이 친우의 부탁을 들어주겠는가?』

담담한 해태의 말에 용왕 문무는 서글픈 눈으로 그를 바라보았다.

"깜냥은 되는가?"

『……?』

"그 아이."

『가보지 못한 미래를 나라고 아는가? 그래 주기를 바랄 뿐이지. 아니면 자네가 나 대신 봐주면 되지 않겠는가? 깜냥이 되는지 안 되는지..』

해태의 말에 용왕 문무는 차를 한 잔 가득 따라 물을 마시듯 단숨에 비웠다.

"깜냥이 안 되면 내가 직접 명을 거둬도 되겠는가?"

해태는 단호한 그의 눈빛에 고개를 끄덕였다.

『내가 없는 세상, 내 알 바 아니지..』

"……."

용왕 문무는 해태를 지그시 바라보았다.

"도와주지."

그 대답에 해태가 잔을 내밀었다.

『한 잔 더 주게. 또 언제 마실지 모르니..』

"자주 내려와."

용왕 문무는 그의 잔을 채워 주었다.

*   *   *

끼이익—

지하실 두터운 철문이 열리고 박현은 김말자를 차디찬 시멘트 맨바닥에 집어 던졌다.

"아무도 못 들어오게 해."

"안 그래도 가정부 아줌마랑 별채지기 아저씨를 며칠 밖으로 내보냈어요."

한설린이 대답했다.

"잘했군."

박현은 겨우 정신을 차리는 김말자 앞에 쪼그려 앉았다.

"우리 대화가 필요하지?"

박현은 하얀 이를 드러내며 웃음을 드러냈다.

빛마저 집어삼킬 듯 짙은 흑발에, 검은색 눈동자, 새하얀 피부에 붉은 입술. 박현의 모습은 악기로 인해 흡사 뱀파이어처럼 보일 정도였다.

"……."

김말자는 두려움에 몸을 떨며 뒷걸음쳤다.

"자자, 일단 앉아서 이야기하자고. 응?"

박현은 철제 의자를 가져왔다. 그리고는 다정하게 그녀의 어깨에 손을 얹어 의자에 앉혔다.

김말자는 어깨에 닿는 박현의 손길에 몸을 파르르 떨었다.

"뭘 그렇게 불안해해. 누가 보면 본인이 그대를 못살게 구는 거 같잖아. 응?"

박현은 김말자의 어깨를 몇 번 꾹꾹 안마해 주며 다른 의
자를 가져와 그녀 앞에 마주 앉았다.

달그락—

그에 맞춰 한설린이 김이 모락모락 나는 허브차를 가져
왔다.

"마셔요, 편해질 거예요."

"······괜찮아요."

김말자는 몸을 움츠리며 괜찮다고 고개를 살짝 저었다.

턱!

박현이 허브차를 들어 그녀의 손에 쥐여 주었다.

"마셔. 마셔야 이야기를 하지. 안 그래?"

박현은 김말자의 손을 으스러지도록 움켜잡았다.

"마, 마실게."

김말자는 섬뜩한 눈웃음에 화들짝 허브차를 받아 단숨에
차를 비웠다.

"뜨거운데······ 괜찮아?"

박현의 물음에 김말자는 서둘러 고개를 끄덕였다.

"괘, 괜찮아······."

"괜찮다면야."

박현은 어깨를 으쓱였다.

"이제 대화를 시작해 볼까?"

박현은 무릎에 팔을 걸치며 얼굴을 김말자에게로 가져갔다. 김말자는 두려움에 몸을 뒤로 젖혔다.

"본인은 참으로 궁금한 게 많아. 나에게 해 주고 싶은 이야기가 많지? 많아야 할 거야."

"……."

"일단. 쌍두마차. 북천무가 애들인가?"

"쌍두마차?"

"양두희, 강두철."

박현은 김말자의 눈을 직시했다.

"누, 누군지……."

김말자의 말에 박현의 얼굴에서 웃음기가 사라졌다.

"왜 이래? 선수끼리. 잊은 모양인데 나 형사 출신이야."

박현은 김말자의 무릎에 손을 얹어 아귀에 힘을 주었다. 상당한 압박에 김말자의 눈가가 일그러졌다.

"맞지?"

"……."

김말자는 마른침을 꿀떡 삼켰다.

"본인은 대화를 하고 싶은데, 군산댁은 본인하고 대화하기 싫은 모양이네."

"윽!"

박현이 손아귀에 더욱 힘을 주자 김말자의 얼굴이 짙은

고통으로 얼룩졌다.

"이럴 때는 참으로 슬퍼. 나는 대화를 나누고 싶은 데……."

박현의 얼굴에는 정말 슬픈 표정이 지어졌다. 하지만 김말자는 보았다, 슬픈 표정 속에 숨어 있는 가학자의 희열이.

이대로는 안 된다.

어떻게든 박현의 마음을 풀어야 한다.

박현이 완전히 악신이 되어 버린다면……, 그 후는 상상하기조차 끔찍했다. 어떻게든 그의 마음을 풀어야 했다.

"악!"

박현의 손이 흑호의 것으로 변하며 발톱이 김말자의 무릎을 파고들었다.

"머리 굴리지 마. 그냥 내가 하는 질문에 대답만 해. 대답만."

박현이 발톱을 거두자 김말자의 얼굴에서 고통이 조금 가셨다.

"쌍두마차, 북천무가의 사람이지?"

"……마, 맞아. 우리, 아니 내가 어릴 적 거둔 아이야."

그 대답에 싸늘한 웃음이 지어졌다.

"……하지만, 모두 너를 위한 거야. 홀로 남을 너를 돕고 보살필……."

퍽!

박현은 김말자가 앉아 있던 의자를 발로 찼다.

"홀로 남을 나를 위해? 나를 홀로 만든 것이 누구였나? 멀쩡히 살아계신 그 잘나신 할머니를 홀로 오갈 곳 없어 어느 상가 계단에서 그녀를 그리워하며 날밤을 지새웠다. 나를 지옥으로 밀어넣은 건 바로 너희였단 말이다!"

박현의 몸에서 짙은 살기가 피처럼 뿜어져 나왔다.

얼마나 화가 치밀어 올랐는지 그의 눈에 핏발이 섰다.

"그건 오해다. 오해야!"

김말자는 서둘러 박현의 화를 가라앉히려 노력했지만 아무 소용 없었다.

"닥쳐라! 어려워도 죽을 위기에 처해도 함께 가는 게 가족이다. 내 목숨을 살리기 위해? 그래서 나의 어린 손에 칼을 쥐게 만들었나? 그리고 결국 나는 그 손에 피를 묻혔었지. 너희가 원했던 대로 말이야!"

"그건 너와 우리가…… 꺄아악!"

박현은 김말자의 손목을 움켜잡아 뼈를 으스러트렸다.

"피가 마르지 않는 삶이었어. 내가 살기 위해 남의 피를 봐야 하는 아주 아름다운 날들이었지."

"너를 살리기 위해 어쩔 수……."

김말자는 고통에 눈물을 흘리며 애써 말을 이어갔다.

박현은 그런 그녀의 턱을 잡아올렸다.

"혀, 현아. 이 모든 게 너를 위함이야. 너를 살리기 위해. 너를 떠나보내고 할머니도 평생 밥 한술……."

쿵!

박현은 김말자의 턱을 잡은 채 그녀의 머리를 벽으로 밀쳤다.

"좋아. 그렇게 본론을 원하니 바로 가주지. 나를 위하는 잘나신 할머니는 지금 어디 계시지?"

박현이 차가운 눈으로 김말자를 내려다보았다.

붉게 물드는 박현의 눈동자와 살기, 그리고 그녀의 턱으로 파고드는 박현의 발톱에 김말자의 눈은 공포로 뒤덮여 요동치기 시작했다.

＊　　＊　　＊

태양 아래 푸른 하늘.

호수를 내려다보는 별채 위에 두 사내가 떠 있었다.

용왕 문무, 그리고 해태였다.

"음?"

용왕 문무는 고개를 갸웃거렸다.

"기운은 상당하다만 천외천의 기운이 아닌데?"

『내가 녀석의 기운을 슬쩍 만져놨네.』

"봉황 때문인가?"

용왕 문무의 물음에 해태는 고개를 끄덕였다.

"덕분에 악기가 제대로 뻗지 못했어. 저 애송이한테는 천운이 되었군."

용왕 문무는 고개를 주억거렸다.

"저만한 악기도 가히 가볍지 않은데 잡아먹히지 않을 정도면 저 아이의 성정도 그리 곱지는 않은 모양이야."

이내 용왕 문무의 미간에 깊은 주름이 패였다.

『살아온 풍파가 험난해.』

"괜찮겠나?"

자신의 후계로 괜찮겠냐는 물음.

『내 손을 떠날 아이일세. 이제 자네 손에 달린 아이를 왜 내게 묻누?』

"이렇게 나의 코를 꿰는 건가?"

용왕 문무는 낯을 찌푸렸다.

해태는 뒷짐을 지며 먼 하늘을 쳐다볼 뿐이었다.

"끙!"

그런 해태의 행동에 용왕 문무는 앓는 소리를 삼켰다.

"어쨌든 죽일 때 죽이더라도 일단은 살리고 봐야겠군."

용왕 문무의 신형이 그 자리에서 사라졌다. 이어 해태는

빙그레 웃음을 지으며 그를 따라 그 자리에서 신형을 감췄
다.

＊　　　＊　　　＊

"사람들은 왜 좋게 말을 하면 좋게 대답을 안 할까?"

조완희는 김말자의 새끼손가락 하나를 매만졌다.

"꼭 어디 하나가 부러져야 입을 열어."

박현은 김말자를 보며 하얀 이를 드러냈다.

"아!"

박현은 부러져 덜렁거리는 손목을 발견하고는 머쓱한 미
소를 지었다.

"이건 사고야. 그렇지?"

김말자는 그런 박현의 악으로 뒤덮인 눈동자에 공포에
고개를 틀어 시선을 피했다.

박현은 그런 그녀의 턱을 잡아 당겼다.

"그러니까 나를 위해 살아가는 할머니를 좀 뵙자구요."

"……."

입을 꾹 닫은 김말자의 눈이 부릅떠졌다.

우득!

"흡!"

새끼손가락이 박현의 손에 부러지자 김말자는 고통에 숨이 턱 막혔다.

　"왜 손자가 할머니를 뵈면 안 되는 거지?"

　박현은 얼굴에서 표정을 지우며 김말자의 약지를 움켜잡았다.

　"악기를 씻는 게 먼저야. 그걸 씻으면 기꺼이……."

　김말자는 애써 고통을 누르며 말했다.

　"악기?"

　박현은 고개를 갸웃거리다가 피식 웃음을 터트렸다.

　화아아악—

　그런 그의 몸에서 검은 기운이 흘러나왔다.

　"굳이 왜? 당신들이 원한 모습이 이거 아니었나?"

　"아니다. 아니야! 우리는 단지 너를 강하게……."

　"됐어. 어차피 지난 일. 그리고 만족해. 왜 진작 이런 기운을 알지 못했는지 싶어. 본인은 한없이 자유로워서 좋아."

　검은 악기가 주는 공포에 김말자의 눈에 다시금 두려움이 드리워졌다.

　"자, 그건 그렇고. 할머니는 어디 계시지?"

　"일단……."

　"어서 보고 싶어. 돌아가신 할머니께서 살아 돌아오신

거잖아. 어서 달려가 그 품에 안겨봐야지. 안 그래?"

박현이 김말자의 약지를 다시 움켜잡으려 할 때였다.

돌연 얼굴을 딱딱하게 굳힌 박현이 굳게 닫힌 철문으로 고개를 돌렸다. 철문 앞에 서 있던 한설린의 표정도 박현과 별반 다르지 않았다.

우드득— 그극!

지하실 철문이 우그러들며 천천히 열렸다.

"누구냐!"

박현은 몸을 틀어 기운을 폭사시켰다.

"끽!"

그 순간, 투명한 파란 기운이 날아와 단숨에 박현의 묵빛 악기를 집어삼켰다.

"끄윽!"

숨이 막혔다.

물.

파란 기운은 말 그대로 물이었다.

깊은 수면 아래 잠긴 듯 박현은 숨을 쉴 수 없었다.

박현은 모든 힘을 쥐어짜내 파란 기운을 밀어내기 위해 안간힘을 썼다. 하지만 파란 기운은 꿈쩍도 하지 않았다.

천천히, 천천히 자신의 기운을 억누를 뿐.

다시금 봉황을 마주하는 느낌이었다.

'천외천!'

이 땅에 천외천은 봉황 외에 하나 더 있다.

동해의 수호자.

'용왕!'

"끄으으으."

박현은 파란 기운의 힘을 이겨내지 못하고 한쪽 무릎을
꿇어야 했다.

무슨 이유에서 자신을 공격하는지는 모르겠지만, 이대로
당할 수만은 없었다.

나를 방해하는 자, 무조리 죽이리라!

"크르르르르!"

이윽고 박현의 눈에 붉은 기운이 담겼고, 그의 몸은 거대
해졌다.

그리고 돋아나는 두 개의 뿔.

"쿠허어어어엉!"

흑우로 변한 박현은 힘겹지만 천천히 다시 몸을 일으켜
세웠다.

"음?"

용왕 문무는 흑우, 박현을 보며 고개를 갸웃거렸다.

"이거, 이거 재미난 놈이로군."

용왕 문무는 씩 웃으며 손을 휘저었다.

쿵!

파란 기운은 거대한 해일이 되어 박현을 짓눌렀다. 겨우 다시 자세를 세웠던 박현은 강제로 무릎을 바닥에 꿇었다.

그그극!

"크르르르르!"

박현의 손톱은 칼처럼 날카롭게 변했다.

뿔은 사라지고, 그 자리에 희미한 무늬가 만들어졌다.

"크하아앙!"

흑호.

박현, 흑호는 발톱으로 바닥을 찍으며 용왕 문무에게로 한 걸음씩 다가갔다.

처절하게 보일 정도로 지독한 반항이었다.

"소에 호랑이라."

『그만 괴롭히게나.』

해태가 뒤이어 지하실로 들어왔다.

"크하아아아아앙!"

그 사이 박현은 거대한 울음을 터트렸다.

츠츠츠츠—

"……!"

폭탄이 터진 듯 검은 악기가 용왕 문무의 파란 기운을 한 순간이었지만 흔들어 버렸다.

박현이 내뿜는 섬뜩한 검은 기운.

그 기운을 보는 용왕 문무의 표정이 굳어졌다.

"일단 재워야겠군."

용왕 문무가 손을 휘젓자, 파란 기운은 마치 용오름처럼 변해 박현의 몸을 휘감았다. 그렇게 박현을 잡아먹은 기운은 하늘로 치솟아 올랐다가 벼락처럼 바닥으로 떨어졌다.

콰앙―

바닥에 처박힌 박현은 정신을 잃고 늘어졌다.

용왕 문무는 정신을 잃고 쓰러져 있는 박현에게로 걸어갔다.

"흠."

용왕 문무는 박현의 몸에서 흘러나오는 악기를 살피며 침음성을 삼켰다.

"신이시……."

한설린.

『너도 그만 쉬어라.』

해태는 박현을 깨우려는 한설린을 조용히 잠재웠다.

"자네도 느꼈나?"

용왕 문무는 한설린을 바닥에 눕힌 후 다가온 해태를 올려다보며 물었다.

『음―.』

해태도 침음성을 삼키며 고개를 끄덕였다.

『단순한 악기가 아니군.』

해태의 표정도 상당히 굳어졌다.

"이 녀석의 원래 기운인 거 같아. 순수한 기운이 이렇게 거칠 수 있나? 아니 이 녀석 백룡이라고 하지 않았나?"

용왕 문무는 자신의 기운을 풀어 박현의 기운을 살폈다.

『나도 악에 사로잡혔다고만 들었네. 그래서 백룡이 흑룡이 되었다고 알고 있었네만.』

"악기가 스며든 건 맞는데……, 이 검은 기운."

용왕 문무는 박현의 기운을 끌어당겼다.

검은 기운은 난폭하게 저항했다.

"이 녀석의 진신진기(眞身眞氣)야."

『…….』

해태 역시 심각한 눈으로 박현의 검은 기운을 쳐다보았다.

『용은 아닌가?』

"용이라……. 용의 기운 또한 느껴지기는 하는데."

박현의 기운을 살피면 살필수록 오히려 더욱 알 수가 없었다.

"이 녀석 정체가 뭐지?"

용왕 문무는 박현을 잠시 내려보다 고개를 돌려 구석에서 떨고 있는 김말자를 쳐다보았다.

『대화가 필요하겠구나.』

해태는 김말자를 보며 입을 열었다.

"해, 해태 님."

김말자는 두어 걸음 걸어나와 바닥에 무릎을 꿇고 절을 올렸다.

"무녀로군. 북천인가?"

용왕 문무는 무녀의 기운을 읽었다.

"그러하옵니다. 처음 뵙겠습니다. 북천무가의 김말자라고 하옵니다."

김말자는 자리에서 일어나 용왕 문무에게 큰절을 올렸다.

"새로운 하늘이 열린 날 북천무가는 멸문하지 않았던가?"

용왕 문무는 눈가를 찌푸렸다.

『멸문했었네. 새로운 북천무가가 문을 연 지는 몇십 년밖에 되지 않았네.』

"피의 기억인가?"

용왕 문무의 말에 해태가 고개를 끄덕였다.

"쯧쯧쯧, 어쩌자고 역천(逆天)의 술을."

용왕 문무는 혀를 차며 김말자를 노려보았다.

『그만큼 원한이 깊었던 게지.』

"봉황의 잔악함은 이해를 한다만은……."

『어차피 이어진 피의 기억일세. 그건 그렇고, 말자야.』

해태는 김말자를 불렀다.

"말씀하십시오."

『이 아이, 박현. 이 아이는 어떤 신(神)을 이었느냐.』

"소녀도…… 잘 모르옵니다."

김말자는 바닥에 바싹 엎드렸다.

"몰라?"

용왕 문무는 어처구니가 없는 표정을 지었다.

『북천무가는 오로지 이 아이만 바라보고 있다. 또한 북천무가의 무녀를 통해 이 아이를 세상에 내놓았다. 그런데 네가 이 아이의 진신을 모른다는 게 말이 되느냐!』

"저, 정말로 알지 못하옵니다."

해태의 미간에 깊은 주름이 패였다.

솨아아아아—

해태에게서 분노가 뿜어져 나왔다.

『나는 너희들의 억울함을 알기에 역천의 술로 다시 문을 세웠음에도 아무 말 하지 않았다.』

해태는 이성의 끈을 유지하려 목소리를 애써 억눌렀다.

『너희들이 나를 찾아와 도와 달라 했을 적에도 나는 너희를 도왔다.』

"해, 해태 님."

김말자의 목소리는 파르르 떨렸다.

『너희는 분명 저 아이를 용이라 했다. 그런데 지금은 모른다? 너희는 악신을 이 땅에 내린 것이더냐!』

"아니옵니다. 악신은 분명 아니옵니다."

김말자는 고개를 세차게 저었다.

"분명 문주께서는 새로운 하늘을 여실 천신이라 하셨사옵니다. 악신은 결코 아니옵니다."

『안순자. 그 아이는 알고 있는 모양이로구나.』

그녀의 말에 해태의 눈이 번쩍였다.

"일단 악기부터 씻어낸 후 알아보세."

용왕 문무의 말에 해태는 애써 분노를 삼켰다.

"나도 이 아이가 어떤 용인지 궁금하니."

『용이 맞기는 한가?』

"일단은……. 용의 기운은 확실히 가지고 있으니."

해태는 심각한 표정으로 박현을 내려다보았다.

*용어

1) 피닉스(Phoenix): 불사조. 아라비아와 이집트 등과 관련된 설이 있지만 확실한 전승 설화가 없는 것을 보면 완벽하게 가공된 신화라 볼 수 있다. 때로는 기독교 부활의 상징으로도 다뤄지며, 미국의 상징인 독수리를 빗대어 미국을 다스리는 신으로 설정하였다.

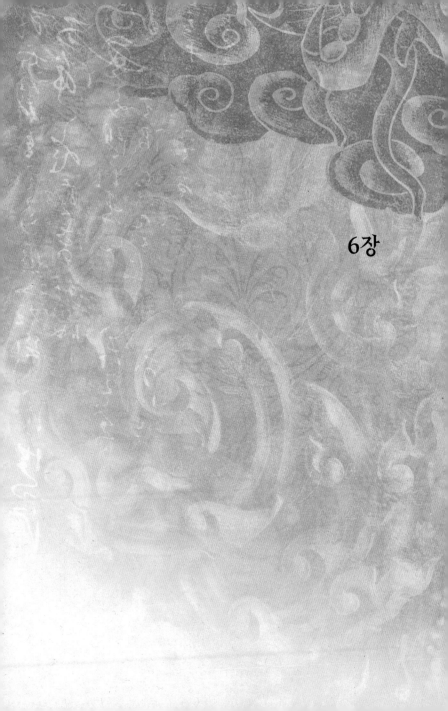

6장

　침대에 남녀 둘이 반듯이 누워 있었다.

　박현과 한설린이었다.

　둘은 마치 강시처럼 머리에 부적이 한 장씩 붙여져 있었다.

　"악기를 어떻게 씻으면 좋겠나?"

　『무녀야 신에 종속되었으니 그냥 놔두어도 될 것이고…….　문제는 현이인데.』

　"강제로 깨트리는 건 어떤가?"

　가벼운 마음으로 왔었다.

　혼자는 버겁지만 둘이라면 강제로 악기를 끄집어내 소멸

시켜버리면 되지 않을까 여겼었다. 문제는 악기가 교묘하게 숨어든 검은 기운이었다.

『위험해. 만약 검은 기운이 이 녀석의 진신진기라면……생명을 장담할 수 없어. 자칫 그릇이 깨졌다가는 더욱 큰 재앙이 될 수 있네.』

"끄응. 이거 골치 아프군."

용왕 문무는 마른세수를 하며 박현을 내려다보았다.

『용의 탈을 쓴 신이라. 아니, 세상에 드러나지 않은 용인가?』

해태의 물음에 용왕 문무는 미간을 좁히며 기억을 되짚었다.

『백룡과 흑룡은 동전의 양면과도 같다고 하지 않았나?』

"그렇기는 하지."

『혹 두 기운을 모두 담고 태어나지는 않고?』

해태가 용왕 문무에게 물었다.

"본좌가 아는 바로는 없네. 선이냐, 악이냐. 무조건 둘 중에 하나. 둘을 모두 가질 수는 없네."

『혹여나…… 둘을 모두 가지고 태어났다면?』

해태는 박현에게서 시선을 떼고 용왕 문무를 쳐다보며 물었다.

"흠……. 글쎄. 본좌도 뭐라 대답하기가 어렵군. 허나 그럴 가능성이 아예 없는 건 또 아니니."

『......?』

"이 검은 기운에서도 용의 기운이 느껴져."

해태의 눈이 찰나지만 잠시 흔들렸다.

『선과 악을 모두 가진 용이라.』

"동양에서는 선과 악이 갈리지만, 서양의 용족인 드래곤을 보면 굳이 선과 악이 나뉘지 않아."

『그렇다면?』

"자네 말처럼 둘을 모두 가지고 태어날 수도 있다는 뜻이야. 희박하지만 무(無)는 아니니."

용왕 문무의 말이 조금은 희망적이어서일까, 해태의 표정이 많이 가벼워졌다.

"자자, 그거야 북천의 아이에게 물어보면 알 것이고, 일단 살리는 데 집중하자고."

다시 원점.

그러나 쉽지 않은 문제였다.

"......저기."

둘이 고민에 빠졌을 때 구석에서 조용히 몸을 추스른 김말자가 조심스럽게 운을 뗐다.

"뭐냐?"

"신녀에게 좋은 생각이 있사옵니다."

"좋은 생각?"

『말해 보아라.』

용왕 문무가 호기심을 드러냈고, 해태의 허락이 떨어지
자 김말자는 자신의 생각을 말했다.

"신비선녀와 조완희 박수를 부르는 건 어떤지요?"

"……?"

『……?』

"신비선녀를 통해 용왕님의 기운을 좀 더 부드럽게 가다
듬고, 조완희 박수는 대별왕을 모셨으니, 그분께 청을 올려
쉽사리 손을 대지 못하는 악기를 씻어내면 어떨까 하옵니
다. 그리고 전반적으로 날뛰는 기운은 해태 님이 누르시면
될 듯하옵니다."

"신비의 신제자가 대별왕을 모셨다는 말을 들은 것 같
군. 대별왕께서 직접 나서주신다면야…… 더할 나위 없겠
군."

용왕 문무는 나쁘지 않은 듯 해태를 보며 그의 의견을 구
했다.

『현재로는 가장 좋은 방법으로 보이는군.』

해태는 몸을 밖으로 돌렸다.

『기원아.』

해태는 신들의 전음으로 서기원을 불렀다.

잠시 후.

"불렀어야."

서기원은 축지로 창문을 넘어 방 안으로 들어와 넙죽 허리를 숙였다.

『조 박수와 신비 선녀를 데려오너라.』

"야."

서기원은 명을 받으면서도 힐긋 박현을 보며 선뜻 다시 발걸음을 떼지 않았다.

"저기……, 현이 괜찮아야?"

박현을 바라보는 서기원의 눈에는 걱정이 한가득 담겨 있었다.

『그러려고 둘을 부르는 거니, 얼른 데려오너라.』

"알았어야. 금방 데려와야."

서기원은 다시 축지로 사라졌다.

*　　　*　　　*

"어쩌면 우리는 죽으러 가는 길이 될지도 모른다."

호족 소족장 호효상은 호태성과 막 소년기를 벗은 호진석의 동생 호진우, 그리고 자신을 따르는 세 명의 호족 전사를 쳐다보며 다시 입을 열었다.

"후회는 없나?"

"없습니다."

"없습니다!"

"없습니다."

호태성을 비롯한 호족 전사들은 한목소리로 대답했다.

그런 그들을 호진석이 씁쓸한 눈으로 쳐다보고 있었다.

호효상은 그런 호진석 앞으로 걸어가 그의 어깨에 손을 얹었다.

"뒤를 부탁한다."

"애들 다루는 건 저보다 태성이 형님이 더 적격 아닙니까?"

"맞아. 하지만 그보다 더 중요한 게 필요해. 총기, 너의 머리 말이야."

"쩝."

호진석은 입이 쓴지 마른 입맛을 다셨다.

"해태 님의 말씀을 기억하지?"

호효상의 말에 호진석은 고개를 끄덕였다.

"너는 나와 호족을 이어줘야 한다. 어찌 보면 가장 골치 아프고 힘든 일이야. 너에게 큰 짐을 지우고 가는구나."

"후우―, 진우나 잘 부탁드립니다."

호진석은 아직 앳된 모습을 벗어나지 못한 자신의 동생

호진우를 슬쩍 일견했다.

"너의 동생은 곧 나의 동생이다."

"최선을 다해 보겠습니다."

"그래."

호효상은 호진석을 억세게 한 번 끌어안았다.

그리고는 몸을 돌려 호족 전사들을 향해 걸었다.

"가자!"

"명!"

"명!"

"명!"

호효상은 달빛 하나 없는 밤하늘을 올려다보았다.

"그 아이는 나를 이을 것이다. 그리고 봉황에게도
반기를 들겠지. 아직은 부족한 아이다. 그런 그 아이
를 지켜다오."

해태.

"선택은 네 몫이다."

그가 던진 선택지.

그 답은.

호효상은 주먹을 질끈 말아 쥐며 한 마리 호랑이가 되어 들판을 달려 나갔다.

호족촌이 내려다보이는 먼 산.

그곳에 한 마리 호랑이가 위엄을 드러낸 채 굽이굽이 산 아래를 내려다보고 있었다.

그 호랑이는 바로 호족장 호치강이었다.

"크르르르르."

호족장 호치강은 들판을 질주하는 다섯 마리의 호랑이를 보고 있었다.

*   *   *

신비선녀와 조완희는 박현을 내려다보며 서로의 생각을 정리하기 시작했다.

"광인굿¹⁾이 좋으나 지금으로서는 너무 번잡하다."

"객귀물림²⁾은 어떠신지요?"

"객귀물림이라."

신비선녀는 생각에 잠기는가 싶더니 용왕 문무를 잠시 일견하며 고개를 끄덕였다.

"용왕님의 힘을 빌리니 가능할 듯싶다."

"그래도 혹시 모르니 광인굿을 약식으로 더하는 건 어떠신지요?"

"독립으로? 번잡하지 않겠느냐?"

"의례에 필요한 무구만 더하면 되지 않겠습니까?"

"의례에 필요한 무구라."

"작두, 칼, 낫에 허재비[3] 정도면 될 듯합니다."

"그래, 그렇게 하자구나."

신비선녀는 조완희를 쳐다보며 보았다.

"객귀물림으로 악기를 물리면 씻어내야 하는데."

"사실은 그게 마땅치 않습니다."

조완희가 고민에 빠졌다.

"오구굿[4]은 어떠냐?"

"음."

"오구굿의 형식만 빌려와 악기를 씻어 대별왕께서 거두시게 하는 게다."

"……그게 가장 좋을 듯합니다. 이 또한 약식으로 가시지요."

"재비[5]들은?"

약식이라도 신을 흥겹게 할 풍류는 필요한 법.

이미 해는 저물어져 가고 있었고, 시간은 없었다.

"오랜만에 목을 거하게 풀어야 할 듯합니다."

재비 없이 가자는 말.

"어쩔 수 없지. 네 뜻에 따르마."

"훗날 거하게 상을 차려드려야지."

신비선녀의 말에 조완희는 고개를 끄덕였다.

『그래, 방도는 내었느냐?』

해태가 물었다.

"예. 해태 님이 박현의 영혼백(靈魂魄)이 흔들리지 않게 잘 눌러 주시옵고, 신어머니께서 용왕님의 힘을 빌어 악기를 객귀물림으로 떨어트릴 것이옵니다. 그 후, 제가 대별왕님께 빌어 악기를 거두어주실 것을 청할 것이옵니다."

조완희의 설명을 들은 해태는 고개를 돌려 용왕 문무를 쳐다보았다.

『어찌 생각하나?』

"그게 최선일 듯하네."

용왕 문무도 긍정적인 의사를 표하자 해태는 고개를 끄덕이며 다시 신비선녀와 조완희를 쳐다보았다.

『언제 시행할 참이냐?』

"오늘 자정에 행할까 하옵니다."

조완희는 허리를 깊게 숙였다.

　　　　＊　　　＊　　　＊

　횃불로 가득 찬 마당.

　궁더덕 쿵덕!

　서기원이 재비를 대신해 장구를 메고 들썩들썩 춤을 추
며 신명 나게 장구를 두들겼다.

　"얼쑤!"

　땀을 뻘뻘 흘리면서도 추임새를 넣는 것도 잊지 않았다.

　차라라라랑!

　신비선녀는 무당방울을 흔들며 무아지경에 빠졌다.

　그녀의 온 정신은 오로지 한 신(神).

　용왕 문무에게로 향해 있었다.

　"흐윽—."

　잠시 후 신비선녀는 들숨을 들이마시며 몸이 기이하게
뒤로 꺾였다. 이내 몸이 사시나무처럼 파르르 떨리더니 그
자리에서 껑충껑충 뛰기 시작했다.

　차랑—

　신비선녀는 방방 뛰며 방울을 버리고 날이 시퍼런 칼날
을 집어 들었다. 그리고는 잘 차려진 상에 오른 음식들을
칼날로 비볐다.

　마늘과 파, 고추 등으로 만든 음식이 올라간 한 상은 여

느 상과 달리 잘 차려져 있었다.

마지막으로 신비선녀는 쌍칼로 복숭아[6]를 문댄 후 1m보다 높게 쌓아 올린 탐[7] 위로 훌쩍 뛰어 올라가 작두날 위에 내려섰다.

신비선녀는 칼춤을 추며 쌍작두 날 위를 뛰어다녔다.

그러자 그녀의 쌍칼에서 푸르스름한 기운, 용왕 문무의 기운이 발산되기 시작했다.

"언세 — 언세 — 언세 귀신아!"

신비선녀의 입에서 귀곡성과 같은 신의 목소리가 터져나왔다.

"천의천의 신의 피를 이은 박씨가중 박씨현에게 왔든 귀신아! 오방산장에 오방터전에 성주조왕세존을 몰리는 것이 아니라……"

창창창—

신비선녀는 상당히 위협적으로 쌍칼을 휘둘렀다.

"……이승도 못 가고 저승도 못 가고 육갑에 만인귀신아 청가에 갑을병정무기경신임계 자축임오진 사오미신유술 해방으로 들어든 귀산아—"

신비선녀의 목소리는 차츰차츰 절정으로 치달았다.

"약발받고 겁에 술발받고 소문 종고 광문 종톡록 점제하면 만고귀신들 덕일 줄 아오리다— 언세 언세 언세."

객귀주문[8]을 마친 신비선녀는 작두에서 박현의 머리맡으로 훌쩍 뛰어내렸다.

"툇! 툇! 툇!"

그리고는 침을 세 번 뱉으며 쌍칼을 들었다.

신비선녀는 날이 시퍼런 쌍칼로 박현의 머리를 쓰다듬었다.

『꺄아아아악!』

그러자 박현의 몸에서 검은 기운이 튀어나와 귀곡성을 질렀다. 문제는 박현의 하얀 신력도 그에 이끌리듯 끌려나온 것이었다.

"해태 님!"

조완희가 다급하게 외쳤다.

『알았다!』

해태는 훌쩍 몸을 날려 박현의 몸을 깔고 앉았다.

쑤아아아아악!

해태의 기운이 박현의 기운을 눌렀다.

가장 먼저 새하얀 은빛 기운을 눌렀고, 뒤를 이어 검은 기운도 눌렀다.

문제는 바로 악기였다.

검은 기운 속에 숨어 있는 기운은 악착같이 검은 기운 속에 몸을 숨기려 했다.

『갈!』

해태는 일갈을 터트리며 검은 기운과 그 속에 동화되려
는 검은 악기를 떨어뜨리려 노력했다. 하지만 둘 다 검다
보니 어느 기운이 순수한 검은 기운인지, 아니면 악기인지
구분이 가지 않는 듯 좀처럼 힘을 쓰지 못했다.

이대로 시간이 흐르면 흐를수록 악기를 씻어내기란 요원
해지는 법.

"기원아! 도깨비, 도깨비방망이!"

조완희가 여전히 장구를 치며 추임새를 넣고 있는 서기
원을 향해 소리쳤다.

"뭐야?"

"방망이 휘둘러! 악귀 후려치는 방망이!"

"아하! 알았어야!"

서기원은 장구를 하늘로 훌쩍 던져버리며 도깨비 주머니
에서 쇠방망이를 꺼내들었다.

그리고는 덩실덩실 춤을 추며 신력을 끌어올렸다.

"웃차야!"

축지로 단숨에 거리를 좁힌 서기원은 해태가 억압을 푸
는 순간 하얀 기운에서 쑥 튀어나온 검은 기운을 향해 도깨
비방망이를 휘둘렀다.

평―

묵직한 파음이 터지며 검은 기운 속에서 악기가 툭 튀어
나왔다.

하지만 악기도 끈질기게 검은 기운을 향한 끈을 악착같
이 놓지 않았다.

『서로 붙지 못하게 잡아당기거라!』

차라라라라랑—

그 사이 조완희는 한 손에는 칠성방울을, 한 손에는 언월
도를 들고 깨금발을 뛰기 시작했다.

몸주인 대별왕을 모시기 위함이었다.

차라락!

칠성방울 소리가 뚝 멈췄다.

대별왕의 힘을 빌리는 순간.

쑤아아악!

"네이 망할 악기들 썩 물러가라!"

이 순간을 기다리고 있던 신비선녀는 훌쩍 몸을 날려 악
기가 끈질기게 잡고 있던 끈을 향해 쌍칼을 휘둘렀다.

서걱!

『꺄아아아아악!』

악기가 끊어지자 서기원은 재빨리 우악스러운 양팔로 악
기를 끌어안았다.

동시에 조완희에게서 무시무시한 신력이 뿜어져 나왔다.

또한 구수한 가락이 나와야 정상이건만.

마치 석상이 된 것처럼 조완희는 뚝 멈춰 있었다.

"조, 조 박수! 나 힘들어…… 헉! 우메야!"

악기를 잡고 들어지던 서기원이 조완희와 눈을 마주하는 순간, 화들짝 놀라며 악기를 놔버렸다. 그리고 풀려난 악기는 순식간에 검은 기운 속으로 스며들었다.

"딸꾹! 딸꾹!"

서기원은 조완희를 보며 연신 딸꾹질을 해댔다.

『뭐하는 짓이…….』

역정을 내던 해태도 순간 눈을 동그랗게 뜨며 입을 닫았다.

"대별왕을 알현하나이다!"

신비선녀의 몸에 깃든 용왕 문무가 그 자리에 오체투지하며 인사를 올렸다.

『대별왕을 알현하나이다.』

해태도 대별왕이 직접 강림할 줄 몰랐기에 잠시 정신을 놓았다가 얼른 바닥에 엎드렸다.

"딸꾹! 그간 안녕하셨지야? 깨비가 인사 올려야. 딸국!"

서기원은 넙죽 허리를 숙였다.

"딸꾹! 지, 지가 예를 몰라서가…… 딸국! 아니라거……."

이내 모두가 바닥에 오체투지한 것을 보고는 얼른 바닥
에 바싹 엎드렸다.

『괜찮다.』

조완희, 대별왕은 인자하게 미소를 지으며 서기원의 머
리를 쓰다듬었다.

'워메, 워메! 역시 나는 대별왕님에게 예쁨을 받고 있었
어야. 얼쑤! 얼씨구나!'

서기원은 기쁨을 주체하지 못하고 몸을 바르르 떨었다.

대별왕은 푸근한 눈으로 서기원을 바라본 후 박현 앞으
로 걸어갔다. 그리고는 박현의 기운을 쓰다듬었다.

『꺄아아악!』

그러자 검은 기운에 숨어 있는 악기가 대별왕의 손에 딸
려 나왔다. 그리고 여느 때처럼 악기는 검은 기운을 붙잡고
늘어졌다.

『얼마나 아팠을꼬.』

대별왕은 박현을 내려다보며 말했다.

그 말에 해태와 용왕 문무, 서기원은 눈을 동그랗게 치켜
떴다.

『악기 또한 이 아이의 것. 악기 또한 검은 기운의 일부
분. 흰 것도 검은 것도, 선함도, 또 이 악함도 모두 이 아이
가 가지고 태어난 것이니』

대별왕은 박현의 이마를 쓰다듬었다.

『한 아이의 집념이 순리마저 거스르더니 그로 태어난 너
역시 껍질을 벗는 것도 순리를 비켜가는구나.』

"대별왕님. 그라믄 현이는 악신이어야?"

모두가 대별왕의 말에 귀를 기울일 때 용기를 백번 얻은
서기원이 눈치 없이 끼어들었다.

『세상에 선과 악이 함께 있는 것처럼 이 아이 역시 둘
모두 가지고 태어났느니라.』

"이 아이의 성정이 악으로 기울면······."

서기원의 말에 용왕 문무도 참지 못하고 물음을 올렸다.

『그걸 왜 본에게 묻는가? 그건 이승의 일, 이 땅의 균
형자인 너희의 일이 아니더냐?』

대별왕은 용왕 문무, 해태와 눈을 마주하며 다시 입을 열
었다.

『악기는 이 아이가 가지고 태어난 것, 악기를 잘라내는
것은 하늘님의 뜻을 거스르는 것이니······.』

대별왕은 악기를 손으로 끌어당겨 검은 기운에 흡수시켰
다.

"······!"

『대, 대별왕님!』

용왕 문무는 눈을 부릅떴고, 해태는 걱정 가득한 목소리

로 무례를 무릅쓰고 그를 불렀다.

『너무 걱정 말아라. 신제자의 걱정을 알기에 악기를 억눌러놓았다.』

해태는 안도의 한숨을 내쉬며 다시 고개를 숙였다.

"꺼억!"

악기가 완벽히 검은 기운과 융화되고, 다시 검은 기운이 흰 기운과 맞물려 태극을 만들며 박현의 몸으로 스며들었다. 두 기운이 박현의 몸으로 스며들자 미약한 신음이 흘러나왔다.

"이 아이의 정체는 용이옵니까?"

용왕 문무였다.

선도 악도 아닌 존재.

아니 언제라도 악신으로 변할 수 있는 천외천.

흡사 시한폭탄과도 같이, 언제라도 재앙이 될 수 있는 자였다.

『그건 너희가 알아보면 되지 않겠느냐?』

대별왕은 담담히 미소를 지으며 대답했다.

하지만 눈빛은 무거웠다.

더 이상의 물음은 용납하지 않으리라는 뜻.

『하늘님이 다 뜻한 바가 있지 않겠는가?』

그 말을 끝으로 조완희의 고개가 아래로 뚝 떨어졌다.

그리고 바닥으로 풀썩 쓰러졌다.

"웃차!"

서기원이 재빨리 바닥으로 나뒹구는 조완희를 안아 들었다.

풀썩—

이어 용왕 문무를 대신하던 신비 선녀도 바닥에 엎드린 채 정신을 잃었다.

"흠─."

그녀가 정신을 잃자 구석에서 가부좌를 틀고 앉아 있던 용왕 문무가 무거운 침음과 함께 눈을 떴다. 그리고 그 자리에서 허공으로 두둥실 떠 박현 앞으로 날아가 섰다.

그를 내려다보는 용왕 문무의 눈에 살기가 스며들었다.

『큼!』

그러나 해태의 헛기침에 그 살기가 흐려졌다.

"해태여."

『말하지 마시게.』

"다시 한번 생각해 보면 안 되겠는가?"

『자네가 한번 기회를 주는 건 어떤가? 아직 채 여물지 못했으니 자네 손으로 거둘 수 있을 걸세.』

"이 아이가 뭐라고……."

용왕 문무는 눈가를 찌푸렸다.

『나를 처음으로 할아버지라 불러 준 아이일세.』

"……할아버지?"

용왕 문무의 얼굴에 황당함이 어렸다.

『그때는 저 아이나 나나 백호로 알고 있었지.』

"허허."

용왕 문무는 기가 찬다는 듯 헛웃음을 지었다.

『그러니 한번 믿어보고 싶어지네.』

"골치 아픈 일은 짐에게 맡기고?"

해태는 담담한 미소로 박현을 내려다보았다.

"자네의 마지막 부탁이니 한번 지켜보지. 한편으로 궁금하기도 하고. 이 녀석이 진짜 용인지 아닌지. 만약 용이라면 어떤 용인지."

박현을 내려다보는 용왕 문무의 눈빛은 차갑게 느껴질 정도로 냉철하게 변했다.

*용어

1) 광인굿: 광인굿, 광인퇴치굿 혹은 축귀(逐鬼). 동
해 중부에서 행해지는 굿으로 귀신을 쫓아내는 굿이다.
일반적으로 굿은 귀신을 환대하고 예를 다해 노여움을
푸는 것과 달리 귀신이 싫어하는 것이나 주술의 힘을
빌린 낫, 칼, 작두 등으로 위협해 쫓아내는 굿이다.

2) 객귀물림: 귀신을 쫓아내 치병하는 가장 작은 굿
이다. 가정집에서도 흔히 했던 굿으로 바가지에 쌀밥
과 된장 등을 물에 섞은 후 부엌칼을 적셔 환자의 머리
를 찌르거나 베는 시늉을 하며 '에이, 에이, 잡귀야 물
러가라!' 라 외치는 것이 바로 가장 단순한 객귀물림 중
하나이다.

3) 허재비: 허수아비.

4) 오구굿: 경상의 오구굿, 전라의 씻김굿, 경기의
지노귀굿 등으로 불린다. 망자를 위한 굿으로 학계에
서는 사령제(死靈祭)라고 한다. 망자의 부정이나 악행
을 깨끗이 씻어 극락으로 올려보내는 굿이다.

5) 재비: 굿판, 농악 등에서 악기를 연주하거나 노래
를 부르거나 춤을 추는 예인.

6) 복숭아: 마늘, 파, 고추, 부추, 미나리 등 향이 강한 것을 올리지 않는 것은 불교의 영향이다. 복숭아는 신선들과 더불어 사는 신령스러운 나무이기에 요귀를 몰아내고 귀신을 쫓아낸다 한다.

7) 탐: 작두를 타기 위해 쌓은 단(壇)을 말한다. 보통 짚으로 된 멍석을 깔고, 절구통을 엎은 다음 그 위에 쌀을 올린다. 다시 그 위에 물동이를 얹고, 그 위에 작두를 얹는다. 이 방식은 지역마다 조금씩 차이가 있는데 크기는 대략 150cm 정도이다. 물동이 안에 조기 등 여러 가지를 띄우는데 여기서 조기는 용궁님을 상징하며, 물동이는 용궁단지라 부르기도 한다.

8) 객귀주문: 위 신비선녀의 객귀주문은 채록도 무녀 김영희가 1972년 5월 1일 실제 행한 객귀물림의 굿 기록에서 따왔다. 한국무속지(최길성 저, 아세아문화사)에서 발췌.

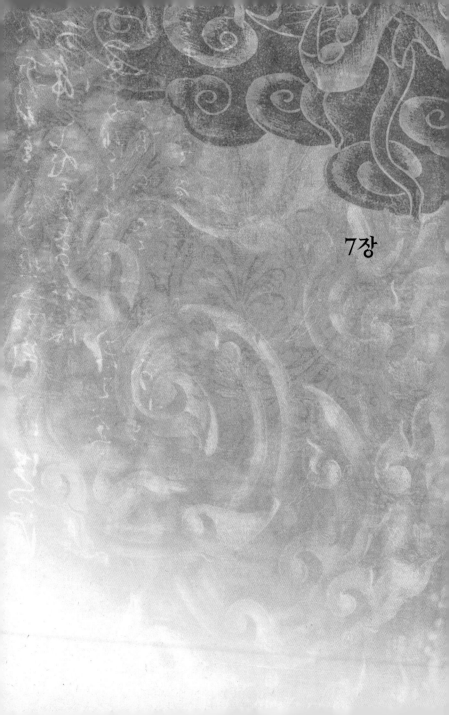

7장

거울 속에 내가 있다.

사람의 모습으로, 호랑이의 모습으로, 소의 모습으로, 그리고 대합의 모습으로, 그 뒤로 흐릿하게 나머지 동물들의 실루엣이 보였다.

"음?"

그런데 뭔가 그 모습이 이질적이었다.

뭐라고 해야 할까.

이기적이고 패도적이었다.

물론 자신이 이기적이고 성깔도 그리 곱지 못하지만, 거울에 비친 자신은 좀 더 패도(霸道)적이었다.

자신이 정을 주지 않는다 하면 거울 속에 비친 자신은 정이 없다고 해야 하나?

그런 건 차치하고.

거울 속의 자신과 눈을 마주하자 섬뜩함이 느껴졌다.

"저거로군."

섬뜩함을 드러내는 것은 거울 속 자신의 눈동자였다.

마치 핏방울처럼 붉은 눈동자.

"……?"

그러고 보니 거울 속에 비친 자신은 흰색이 아니었다.

먹물을 뒤집어쓴 듯 검은 호랑이가 거울 앞에 서 있었다. 단순히 주변이 어두워서 검게 보이는가 싶었는데 자세히 보니 그게 아니었다.

"아!"

그건 분노에 잠들어 있던 또 다른 자신이 튀어나온 것이었다.

이따금 툭툭 튀어나왔던, 지나치게 독선적이고 손속이 잔혹했던 또 다른 자신.

십 대 시절을 함께했던 나.

박현은 손을 뻗어 거울 속의 자신을 쓰다듬었다.

"너였구나. 나를 살아갈 수 있게 했던 독기가."

"그래 나야. 너의 또 다른 나."

거울 속 검은 자신은 히죽 웃으며 대답했다.

"우리 손을 잡자."

"손?"

박현은 또 다른 자신에게 물었다.

"너의 신중함과 나의 과감함. 너의 머리와 나의 잔혹함. 우리는 하나가 되면 더욱 완벽해질 수 있어. 왜냐하면 원래 우리는 하나였으니까."

박현은 또 다른 자신에 이끌려 그가 내민 손을 잡으려다가 순간 화들짝 손을 뺐다.

그건 바로 핏방울처럼 붉은 눈동자.

정확히는 그 눈동자 속에 번들거리는 섬뜩함 때문이었다.

"나도 너야. 극히 일부분이지만."

붉은 눈동자가 말했다.

아니, 그렇게 느껴졌다.

"이 또한 나의 일부분이지. 너의 일부분이기도 하고."

검은 자신이 그리 말했다.

박현은 고개를 저었다.

"아니야."

"간혹 나오는 너의 잔혹함마저 부정하지는 않겠지?"

검은 자신이 어깨를 으쓱 올렸다.

"어차피 이 녀석은 너와 나의 일부분이야. 나처럼 또 다른 네가 아니야. 정확히는 나에게 좀 더 가까운 녀석이기는 하지만."

"하지만 왠지 내키지 않아. 그냥 무시하기에는 너무 섬뜩해."

"어차피 우리에게 속한 종속일 뿐이야. 우리가 함께한다면 너의 의지 아래로 두는 것이고."

"나의 의지라."

박현은 검은 자신 속에 웅크린 섬뜩함을 쳐다보았다.

"그리고 우리지."

박현은 검은 자신을 쳐다보았다.

낯설지만 익숙하다.

그 시선에 검은 자신이 씨익 웃음을 지어 보였다.

"그리고 무엇보다."

검은 자신에게서 분노가 튀어나왔다.

"우리는 진정한 하나가 되어야 살 수 있어."

박현의 눈에서도 분노가 튀어나왔다.

"우리를 무시한 놈들, 감히 나에게 대적하는 놈들, 나를 죽이려는 놈들. 모조리 발아래에 꿇려야지. 그게 내가, 우리가 살 수 있는 유일한 방법이지."

"나에 대해서 잘 아는군."

"너는 나이기도 하니까."

검은 자신의 말에 박현은 고개를 끄덕였다.

"살아남자."

박현도 망설임 없이 손을 내밀었다.

"그래, 모두 내 발 아래 꿇리자."

검은 자신도 손을 내밀었다.

두 손이 마주하는 순간.

턱!

둘의 얼굴에 당황이 서렸다.

거울.

거울이 하나의 벽을 만든 채 서로의 접근을 막고 있었기 때문이었다.

쾅! 쾅! 쾅!

검은 자신은 흑우의 모습으로 화해 주먹으로 거울을 후려쳤다. 하지만 거울만 크게 요동칠 뿐 전혀 깨질 기미가 없었다.

쾅! 쾅! 콰앙─

박현도 거기에 맞춰 거울을 후려쳤다.

하지만 역시나 거울은 아무런 변화가 없었다.

"젠장!"

검은 기운은 주먹으로 거울을 치며 울분을 토했다.

"젠장! 겨우 이렇게 만났는데."

검은 자신은 분통을 터트렸다.

"흠."

박현도 침음하며 미간을 찌푸렸다.

지금 이 순간 박현 또한 검은 자신과 별반 다르지 않았다.

『*순리를 비켜 태어나 자연스럽게 가져야 할 것도 갖지 못하는 안타까운 아이야*』

하늘에서 빛이 내려오며 거룩하게 와 닿는 천상의 목소리가 함께 들려왔다.

'이 기운은?'

목소리는 처음 듣지만 기운은 익숙하다.

조완희에게서 자주 느끼는 기운이며 더불어 별왕당을 지배하는 기운.

'대별왕.'

박현은 고개를 들어 빛을 바라보았다.

빛은 생각보다 눈부시지는 않았다.

새하얀 빛 안에 검은 사람이 보였다. 아니 검은 실루엣이라고 해야 하나? 어찌 되었든 사람 형상은 보이는데 정확한 모습은 보이지 않았다.

"꺄아아아아악!"

갑자기 검은 자신이 고통에 찬 비명을 내질렀다.

"······!"

화들짝 놀라 거울을 보니 검은 자신은 어깨를 으쓱 들어 올릴 뿐이었다. 비명을 지르는 것은 그에게 숨어 있던 섬뜩함이었다.

『아직은 네게 위험한 기운이다.』

"이게 무슨 기운입니까?"

『악기.』

"악기?"

『악의 기운이다.』

대별왕의 대답에 박현은 눈을 동그랗게 뜨며 검은 자신을 쳐다보았다.

"네가 악기가 아니었나?"

"악기라고 한 적 없다. 또 다른 너라고 했지."

검은 자신이 자신을 몰라본다고 조금은 퉁명스럽게 대답했다.

『내가 너의 길을 조금은 편하게 해 주마. 그리고 나의 신제자를 잘 부탁한다.』

'신제자? ······완희.'

대별왕에게서 자애로움이 느껴졌다.

물론 그 사랑은 자신이 아닌 조완희를 향한 것이리라.

그래서일까 박현의 입가에 쓴웃음이 슬쩍 지어졌다.

『그리 웃을 거 없다. 본신 역시 너를 지켜보고 있으니…….』

대별왕에서 눈을 뜨기 힘들 정도로 눈부신 빛이 내려와 거울을 휘감았다.

와장창창창창—

빛살이 거울을 스쳐 지나가니 거울이 깨졌다.

거울 안의 풍경이 깨진 유리 파편에 담겨 어그러졌지만, 단 하나, 검은 자신은 아니었다. 원래 자신 앞에 서 있었던 것처럼.

『너의 어깨에 무거운 짐이 있지만 무거워하지 말지어라. 너의 길이 험난할지라도…….』

스스스슷!

빛은 그렇게 사라졌다.

"아—."

박현은 대별왕이 사라지자 조금은 허탈해진 마음을 미처 감추지 못했다.

검은 자신이 뚜벅뚜벅 걸어와 그런 자신의 앞에 섰다.

"뭐해?"

검은 자신은 자신에 찬 미소를 보이며 손을 다시 내밀었다. 검은 자신의 눈에 섬뜩함이 보이지 않았다. 께름칙한 것이 사라졌다.

더욱이 악기라고 해도 손을 잡을진대.

"보고 싶었다. 본인의 또 다른 나를."

"미안. 나는 너의 존재를 몰랐다."

"이해해."

"그래도 이렇게 보니 한결 힘이 되는군. 혼자가 아닌 느낌이라서."

박현도 망설임 없이 검은 자신의 손을 잡았다.

그리고 둘은 자연스럽게 끌어안았다.

"아!"

"아—."

낯설지 않다.

편안했다.

스하아아아아아악—

둘의 기운이 휘감기며 흑백의 회오리를 만들어냈다.

그렇게 둘은 하나가 되었다.

$$* \qquad * \qquad *$$

눈을 뜨니 낯설면서도 낯설지 않은 천장이 눈에 들어왔다.

보상 최가를 상대할 때 이용했던 한성그룹의 별채 안방이었다.

기억이 서서히 또렷하게 돌아왔다.

씨익—

입꼬리가 말려 올라갔다.

부스럭거리는 소리에 박현은 누운 채 고개를 돌렸다.

자신의 옆에 누워 있던 한설린이 자리에서 일어나 옷매무새를 가다듬은 후 박현을 향해 무릎을 꿇고 허리를 숙였다.

"정신이 든 모양이군."

"예."

한설린은 대답을 하며 박현을 잠시 쳐다보았다.

"달라지셨습니다."

"느껴지나?"

"예."

"좋은 느낌입니다."

그 말에 박현은 씨익 웃으며 손을 내려다보았다.

주먹을 한 번 쥐어보았다.

손아귀에 힘이 쭉 들어가는 것이 가슴을 가득 채우는 충만감처럼 느껴졌다.

"설린아."

"하명하시옵소서."

"본가로 돌아가 있어라."

"본가라 하심은……."

"그래, 한성그룹."

"감히 이유를 여쭤봐도 되겠습니까?"

한설린의 물음에 박현은 침대에서 내려왔다.

좌아악—

그리고 커튼을 활짝 열어젖혔다.

"이제 거둬야지."

"그 말씀은?"

"한성그룹부터 시작해야지."

"……."

"그동안 본인이 너무 물렀다고 본인이 본인에게 이야기하더군."

박현은 한설린을 향해 돌아섰다.

"아마도 그들 역시 본인을 그리 생각하고 있겠지."

"……."

"이해는 돼. 본인 역시 본인을 받아들이지 못했었는데…… 눈치 빠른 그들은 오죽하겠는가?"

박현은 씨익 입꼬리를 말아 올렸다.

"이제 정리가 되셨습니까?"

한설린이 박현을 보며 물었다.

"이제는 보여줘야겠지. 힘의 역학을."

"신이시여."

"그들 역시 살고자 한다면 어찌해야 하는지…… 영혼 깊이 새겨줘야지."

박현의 몸에서 패도적인 기운이 흘러나왔다. 그런 박현의 눈동자는 검과 흰색의 기운이 서로 맞물려 흡사 태극처럼 변해있었다.

＊　　　＊　　　＊

"우메, 일어났어야."

문이 열리고 박현을 발견한 서기원이 덩실덩실 뛰어와 박현의 어깨를 잡고 그의 몸을 이리저리 살폈다.

"걱정해 줘서 고맙다."

서기원을 바라보는 박현의 눈빛에는 따뜻함이 담겨 있었다.

"히히히."

서기원은 싱글벙글 웃으며 고개를 돌렸다.

"조 박수, 현이 일어났어야!"

서기원은 조완희를 불렀다.

"괜찮냐?"

조완희가 헐레벌떡 뛰어들어 왔다.

"그래."

박현은 조완희를 향해 주먹을 내밀었고, 조완희는 씩 웃으며 주먹을 맞댔다.

따뜻한 눈빛이 한순간 싸늘하게 바뀌었다.

조완희 뒤로 들어온 김말자와 신비선녀 때문이었다.

분노가 스물스물 기어 올라왔지만 박현은 그러한 감정을 일단 숨겨야 했다. 그녀 뒤로 해태와 용왕 문무가 들어왔기 때문이었다.

"할아버님."

박현은 허리를 숙여 인사를 올린 후 자연스럽게 용왕 문무와 눈이 마주쳤다.

자신의 이지가 악기에 사로잡혔지만 지금은 그마저 흡수한 상태. 당연히 그때의 기억이 떠올랐다.

용왕 문무의 힘은 짧았지만 강렬했다.

미처 대항할 수 없을 정도로.

'용왕 문무.'

박현은 그를 바라보며 순간 호승심이 올라왔다.

'지금은 어떨까?'

진정한 천외천.

동해의 지배자인 그를 이기기는커녕 비등하지도 못할 것이 분명했다. 하지만 전처럼 무력하지는 않을 것만 같았다.

동시에.

용왕 문무 또한 박현을 보는 순간 달라져 있음을 느꼈다.

동시에 드는 생각.

'이 녀석의 정체는 뭘까?'

호기심을 자아낸다.

동시에 꺼림칙하기도 하다.

악기마저 가지고 태어난 존재임을 떠올리자 꺼림칙함은 더더욱 커졌다.

용왕 문무는 이번 기회에 박현을 건드려 그의 정체를 알아보고자 했다.

쏴아아아아아—

용왕 문무는 박현의 행동이 마음에 안 든다는 듯 물의 기운을 쏘아 보냈다.

"……!"

물의 기운에 박현은 숨이 턱 하고 차올랐다.

스스스스스스—

그러나 그 와중에도 치밀어 올라오는 호승심이 그를 미소 짓게 했다.

'감히 본좌 앞에서 웃어?'

용왕 문무는 기운을 더욱 무겁게 만들었다.

'핫!'

박현이 기운을 끌어올리자 그의 눈동자 속 태극 형상의

동공이 회전하기 시작했다.

후우우우우우—

박현의 몸에서 흘러나온, 언뜻 회색처럼 보이는 투명한 기운이 흑백으로 갈라져 서로 엉켰다. 그렇게 흑백의 기운은 서로 부딪히며 열을 만들어 냈다. 그 열기에 용왕 문무의 수기(水氣)는 수증기로 변하며 옅어져 갔다.

'흠.'

박현의 흑백 기운에 용왕 문무의 눈매가 가늘어졌다.

양립할 수 없는 흑과 백의 기운이 동시에 박현에게서 흘러나왔기 때문이었다.

"어림없다!"

용왕 문무는 더욱 거세게 박현을 압박하며 그의 앞으로 훌쩍 몸을 날렸다.

쏴아아아아아—

해일처럼 거대해진 기운에 박현의 무릎이 잠시 꺾였지만.

"크르르르르!"

박현은 낮게 울음을 터트리며 다시 허리를 곧추세워 그 기운을 맞서 갔다.

호랑이의 기운.

그 속에 담긴 용의 기운.

하지만 알 수 없는 싸늘함.

"네놈은 누구냐?"

용왕 문무는 박현을 향해 손을 뻗어 그를 잡아당겼다.

지지직—

박현의 몸이 서너 걸음쯤 끌려갔지만, 끝끝내 그의 힘을 견뎌냈다.

"제가 누구인지가 중요한지요?"

예를 차렸지만, 태도는 공손하지 않았다.

"감히 본좌에게 물음을 던지는 건가? 가소롭구나!"

용왕 문무의 몸에서 엄청난 기운이 터져 나왔다.

그 기운을 오롯이 뒤집어쓴 박현의 얼굴이 굳어졌다.

『그만하시게나. 그리고 너도.』

해태가 용왕 문무를 말렸다.

용왕 문무는 마뜩잖은 표정을 숨기지 않으며 기운을 거둬들였다.

"후우—."

용왕 문무가 기운을 거두자 박현은 나직하게 숨결을 부드럽게 만들었다.

"본좌는 너를 지켜볼 것이다."

"……!"

용왕 문무의 말에 박현의 눈살이 찌푸려졌다.

"악기를 드러내는 순간, 본좌가 친히 너를 승천시켜 줄

셈이야."

용왕 문무의 목소리는 거칠었다.

최대한 예를 갖추려는 박현이었지만 자연스레 눈가에 주름이 그려질 정도였다.

『문무.』

안 되겠다 싶어 해태가 나서서 그를 말렸다.

『몸은 어떠냐?』

"나쁘지 않습니다."

박현은 해태를 보자 표정을 풀었다.

『기억은? 온전하고?』

해태가 걱정을 담아 물어왔다.

"기억은 나는데 정확한지, 완벽한지는 모르겠습니다."

『그렇구나.』

해태는 고개를 끄덕였지만, 용왕 문무는 아니었다.

『네 기운, 설명해 줄 수 있겠느냐?』

박현은 용왕 문무를 힐끔 쳐다보며 입을 열었다.

해태에게 감출 것은 없었다.

그리고 이미 드러낸바.

"무의식에서 또 다른 저를 만났습니다. 그리고 하나가 되었습니다."

『그 모습이 어떻더냐?』

해태도 박현의 진신이 무엇인지 궁금했다.

그 질문에 박현은 고개를 저었다.

"잘 모르겠습니다."

『흠.』

"모두는 아니지만 제 뒤에 선 다른 존재는 얼핏 보았습니다."

『존재들?』

"독수리와 사슴, 뱀…… 흐릿한 실루엣이라 정확한 건 아닙니다."

박현이 말한 것들은 모두 용을 이루는 동물들.

『용의 모습들이로구나.』

해태는 고개를 주억거렸다.

"확실한 것이냐?"

용왕 문무.

왜 자신에게 이토록 적개심을 가진 것인지는 몰랐으나 해태가 있어 끝까지 예의를 놓지는 않았다.

"그렇습니다."

『문무, 왜 자꾸 이러는 건가?』

해태가 용왕 문무를 바라보며 눈살을 찌푸렸다.

『피곤할 터이니 그만 쉬어라.』

해태는 더 이상 대화가 어렵다 싶어 용왕 문무를 데리고 밖으로 나갔다.

『자네 왜 그러는가?』

호수가 보이는 마당으로 나온 해태는 문무 용왕을 바라보며 물었다.

"저 애송이. 뭔가 느낌이 안 좋아."

용왕 문무는 낯을 찡그렸다.

『느낌?』

"저 녀석……."

용왕 문무는 뭔가 말을 하려다가 입을 닫으며 고개를 저었다.

"악을 타고난 것도 그렇고. 흑백의 기운이라니."

『용이 아닌가?』

"그걸 모르겠어. 분명 용의 기운은 느껴지는데……."

용왕 문무의 목소리는 답답하기 그지없었다.

『그게 무슨 소리인가?』

해태는 짜증을 드러낼 법도 하건만 여전히 부드럽게 용왕 문무를 상대했다.

"용이야. 용이라고."

『그래, 용일세.』

"하지만 세상의 어느 용도 그렇게 태어나지 않네. 용이 호랑이가 되었다 소가 되었다……, 이 자체가 말이 되지 않는단 말일세."

용왕 문무의 목소리에는 답답함이 가득했다.

"거기에 흑백의 기운이라니. 악이라니……."

용왕 문무는 모르겠다는 듯 고개를 저었다.

『흠…….』

해태는 그 모습에 짙은 침음을 삼켰다.

"본좌가 모르는 용이고, 그런 용의 성장이라고 해도……, 이건 너무나도 순리를 벗어났어."

용왕 문무는 고개를 들어 하늘을 올려다보았다.

"하늘님은 무슨 생각을 하시는 것인지……."

『훗날 내가 없더라도 부디 경거망동은 삼가줄 것을 약조해줄 수 있겠는가?』

해태의 말에 용왕 문무는 피식 쓴웃음을 삼켰다.

"하긴 어느 천외천이더라도 악신이 아닌 이상에야 길조 흉내 내는 닭새끼들보다는 낫겠지."

용왕 문무는 해태를 바라보았다.

"약조하네. 하지만 의심의 눈초리는 벗지 않을 것이야. 조금이라도 악신의 기미가 보인다면 가차 없이 목을 날릴 것이네."

『그 정도인가?』

해태가 표정을 굳히며 물었다.

"꺼림칙함을 넘어 불길함마저 느껴질 정도야."

눈매를 가늘게 만드는 용왕 문무를 보며 해태의 표정이 어두워졌다. 해태는 고개를 돌려 박현이 있을 2층을 올려다보며 한숨을 삼켰다.

"가세."

『어디를?』

"그 애송이를 태어나게 한 무녀. 일단 그 아이부터 만나봐야겠어."

『그러세. 자네가 그렇다면 만나봐야지. 나도 궁금하니.』

"부디 내 기우가 기우였으면 좋겠군."

용왕 문무는 해태 때문인지 애써 불길함을 털어내려는 모습이었다.

＊　　　＊　　　＊

『내 너의 마음을 모르는 바는 아니지만, 이 할애비를 믿고 기다리거라. 너의 할머니를 만나볼 터이니.』

"네."

박현은 대답하며 김말자를 짧게 쳐다보았다.

《군산댁. 이대로 본인을 떠난다고 안심하지 마라. 우리는 다시 본다.》

시퍼런 눈빛에 김말자는 움찔 몸을 움츠렸다.

박현은 신비선녀를 쳐다보았다.

조완희나, 한성그룹 때문이라도 반드시 볼 터.

박현은 입꼬리를 살짝 말아 올렸다.

『그럼 다녀와서 보자꾸나.』

그렇게 해태는 용왕 문무와 함께 김말자와 신비선녀를 데리고 별장을 떠났다.

그들이 떠나자 박현의 안색이 딱딱하게 굳어졌다.

김말자를 손에서 놓쳐서가 아니었다.

신경은 쓰이지만, 해태를 믿었다.

박현이 신경이 날카롭게 선 이유는 바로 용왕 문무 때문이었다.

"괜찮아야?"

서기원이 걱정 어린 목소리로 물었다.

"상당히 거슬려. 그리고…… 화가 나는군."

해태의 친우여서가 아니었다.

순수하게 자기 자신, 바로 자신 때문이었다.

약자이기에 거스를 수 없는.

봉황도 그렇고, 용왕 문무도 그렇고.

하지만 박현은 살기를 드러내지 않았다. 그저 꾹꾹 삼켜 둘 뿐이었다.

"그러게. 왜 그러시지? 너를 위해 오신 분이."

조완희는 고개를 갸웃거렸다.

"내가 좀 알 것 같아야."

서기원이 슬쩍 박현의 눈치를 봤다.

"괜찮아. 나도 알고 싶으니까."

박현도 궁금했다.

초면이다.

딱히 둘 사이에 접점은 없었다.

또 아무리 생각을 해봐도 봉황과 달리 용왕 문무와 대적할 이유가 하나도 없었다.

"그게 말이야. 아마도 악기 때문일 거여야."

"악기?"

조완희는 고개를 갸웃거렸다.

"씻어낸 거 아니었나?

몸주인 대별왕이 조완희에게 악기에 대해서는 걱정하지 말라는 공수를 내렸기 때문이었다.

"단지 그 때문인가?"

그런 것치고는 반응이 너무 예민했다.

"무슨 소리야. 뭐가 어떻게 된 건데?"

조완희가 서기원을 다그쳤다.

"대별왕께서 말씀하셨어야. 악기에 물든 게 아니라 애초에 가지고 태어났다고야."

그 말에 조완희의 얼굴이 굳어졌다.

"표정 풀자. 괜찮아, 악기에 안 잡아먹혔다."

박현이 피식 웃음기를 삼키며 말했다.

"대별왕께서 그래도 너를 생각해서 악기를 눌러놨어야."

"흠."

조완희는 굳은 표정은 풀었지만, 여전히 어두운 기색이
었다.

"그리고 의심을 하고 있어야."

"……?"

"……?"

"네가 용이 아닐지 모른다고."

서기원의 말에 조완희는 눈을 다시 크게 뜨며 박현을 쳐
다보았다.

"용이 아니야?"

조완희가 다그치듯 물었다.

"몰라."

박현은 고개를 저었다.

"몰라?"

"그래, 몰라. 나의 뒤로 선 다른 아홉 신수들은 봤는
데……, 그걸 봤다고 해야 할지 모르겠지만……. 아홉도

다 보지 못했어. 뒤로는 워낙 형상이 흐릿해서."

박현은 입술을 꽉 깨물었다.

"나도 그만 용이고 싶다. 인제 와서 용이 아니면 내 인생도 참 지랄 맞은 거 아니겠냐?"

박현의 목소리는 조금 슬펐다.

"인간이 아닌 것도, 겨우 백호임을 받아들인 것도, 겨우용인 것을……. 니미럴, 지랄 맞긴 하군."

박현은 중얼거리다가 욕을 삼키며 담배를 하나 꺼내 입에 물었다.

"괜찮아야."

서기원이 박현 앞에서 해맑게 웃었다. 그리고는 조완희를 당겨 어깨동무를 걸쳤다.

"네가 뭐든 나는 네 편이어야. 안 그래야?"

"몸주께서도 너를 도우라 했으니, 나도 너와 함께 간다."

"새끼들."

박현은 담배 연기를 내뿜으며 담배를 발로 비벼 껐다.

"설린아."

"예, 신이시여."

"본가로 가 있어."

"예."

조용히 구석에서 대기하고 있던 한설린은 박현의 말이 떨어지자 곧장 별채를 떠났다.

"뭐 하려고?"

"일단 걸리적거리는 것부터 다 치우려고."

"……?"

"머리가 복잡할 때는 몸을 움직여야지."

박현은 씨익 웃었다.

"판 크게 벌일 거냐?

조완희가 물었다.

"거치적거리는 게 한둘이 아니니 제법 클 거야."

"왜야?"

서기원이 물었다.

"폐관수련 들어간다. 넉넉히 일주일 정도면 될 거야."

"폐관수련?"

조완희는 손을 내려 아공간 주머니를 매만졌다. 그 주머니에는 스승인 만석 큰스님의 내단이 들어 있었다. 그래서일까 그의 눈에서 아련한 슬픔이 잠시 묻어나왔다.

"최소한 발걸음을 맞출 수 있게 해야지."

하지만 이내 아련한 슬픔을 털어냈다.

"나는…… 나도…… 어…… 음……."

서기원도 뭔가 하려 했지만 할 게 없었다.

"집이나 잘 지켜."

조완희가 서기원의 엉덩이를 발로 툭 찼다.

"그리고 냄새나는 음식 해먹으면 죽는다."

"내가 뭘 어쨌다고 그래야? 생사람, 아니 생깨비 그만 잡아야. 아주 성격이 지랄 못돼 처먹었어야."

"지랄? 이걸 그냥 확!"

"확 뭐야? 확 뭐야? 그러다 깨비 패겠어야. 패 봐야, 자! 자, 어디 패봐야."

서기원과 조완희는 다시 투닥거리기 시작했다.

짝!

박현이 손바닥을 쳐 분위기를 환기시켰다.

"일단 돌아가자, 우리의 집으로."

박현은 둘의 투닥거림에 오랜만에 포근한 웃음을 지었다.

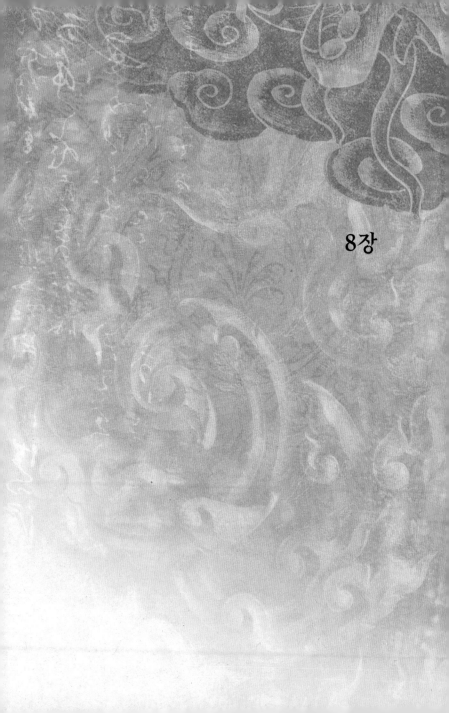

8장

별왕당 별채 지하 연무실.

대별왕 무속화와 함께 자그만 신단이 꾸려져 있었다.

"유 상길일 신양하오며 천지개창하시고 신명은 감응하시나니……."

차라라랑—

방울 소리가 울리고.

"천하언재시며 지하언재시리오 고지즉 응하고 응기즉 신하시나니 신기령인즉 감이순통하시나니……."

좌라라락—

부채가 춤을 추었다.

"부대인자는 여천지 합기덕하고 여일월 합기명하며 여사시로 합기서하고……." [1]

조완희는 땀에 흠뻑 젖은 채 무아지경에 빠져 연신 제자리를 뛰고 있었다.

고오오오오—

푸르스름한 무기(巫氣)를 두른 조완희의 주변으로 황금빛 불법의 기운이 회오리를 치듯 회전하고 있었다.

이질적인 두 기운. 두 기운을 합일(合一)해야 한다.

하지만 전혀 다른 기운을 하나로 합친다는 것은 쉬운 일이 아니었다. 자칫 목숨마저 내놓을 수 있을 정도로 지극히 위험하고 위험한 일이었다.

더욱이 황금빛 불법의 기운은 큰스님 만석이 남긴 고도로 순정한 불기(佛氣).

또한 본연의 무기를 넘어서는 기운이었다.

푸르스름한 무기가 서서히 황금빛 불법의 기운을 흡수하기 시작했다.

"흡!"

황금빛 불법의 기운이 요동치자 조완희의 얼굴에 고통스러운 기색이 어렸다.

좌라라라라라라랑!

조완희는 더욱 칠성방울을 흔들며 더욱 높이 뛰었다.

"태상태성, 응변무정. 구사박매, 보명호신. 지혜명정, 심신안저. 삼혼영구, 백무상경. 급급여률령!"

조완희는 정심신주(淨心神咒)[2] 주문으로 정신을 가다듬은 후.

"영보천존, 안위신형. 제자혼백, 오장현명. 청룡백호, 대장분운. 주작현무, 시위아진. 급급여률령!"

이어 정신신주(淨身神咒)[3] 주문을 외워 몸에서 느껴지는 고통을 씻어내는 동시에 부채를 집어던지고 언월도를 꺼내 흔들었다.

쇄아아아아아아—

푸른 기운이 더욱 크고 웅장하게 변하며 서서히 황금빛 불법의 기운을 흡수해나가기 시작했다.

촤라라라라랑—

카르르르르릉!

그렇게 지하연무장 안은 두 기운이 맞물려 사방으로 몰아치고, 칠성방울 소리와 언월도의 도명(刀鳴) 소리로 가득 차올랐다.

그런 그를 지켜보는 한 쌍의 눈이 있었으니.

*   *   *

서기원은 초조한 얼굴로 신당을 어지럽게 걸어 다니며 안절부절못하고 있었다. 마음을 얼마나 졸이던지 생전 뜯지도 않던 엄지손톱을 입으로 뜯고 있을 정도였다.

"이래서는 안 돼야. 이래서는……."

서기원은 고개를 돌려 별채 쪽을 쳐다보았다.

"안 그래도 지랄 맞은 녀석이 나보다 세지면……. 으아악!"

서기원은 쪼그려 앉아 머리를 부여잡으며 소리를 질렀다.

"상상하고 말았다. 조 박수가 야차의 모습으로 이 착한 깨비를 구박하는 미래를……."

멍하니 천장을 올려다보는 서기원의 눈동자는 안쓰럽게 흔들리고 있었다.

"안 돼야. 이대로는 안 돼야. 나가 저놈한테는……. 방법을 찾아야 해야. 분명 방법이 있을 거여야."

서기원은 불안한 마음을 감추지 못하고 손톱을 씹다가 번쩍 눈을 떴다. 그 눈이 향한 곳은 신당 신단, 정확히는 그 위에 걸린 대별왕 무속화였다.

대별왕을 보던 서기원은 허벌레 웃음을 지으며 재빨리 신당을 벗어났다.

잠시 후.

"꿍차!"

양손 무겁게 장을 한껏 봐와서 별채 주방으로 들어갔다.

음식을 뚝딱뚝딱 만드는 즉시, 신당으로 쪼르르 달려와 상에 올렸다.

"히히, 히히히."

중간중간 서기원은 음식을 올리다가 대별왕 무속화를 올려다보며 배시시 웃음을 지어 보였다.

"맛있게 드셔야."

서너 시간이 흐르자 상다리 부러진다는 소리가 나올 만큼 신당에는 엄청난 음식들이 차려졌다.

서기원은 그 앞에서 엄숙하게 섰다.

"대별왕님. 이거 있지야. 엄청 귀한 거여야."

도깨비 주머니에서 조심스럽게 술 한 병을 꺼냈다.

뽕—

마개를 따자 알싸한 땅 냄새가 풍겼다.

맛깔스러운 노란빛 술이 잔에 쪼르르 담겼다.

서기원은 잔을 신당에 올리고는 크게 절을 올렸다.

"지가 말이어야. 꼭 뭐를 바라고 그러는 거는 아니어야."

서기원은 눈을 부리부리하게 뜨고는 무속화를 올려다보았다.

"진짜로! 뭐를 바라고 그러는 거는 아니어야!"

서기원은 일배, 일배, 일배, 대별왕을 향해 삼배를 올렸다.

"그래도 말이어야. 혹시나 말이어야. 잘 드셨으면 뭐라도 하나 주고 싶다 그러면야……. 아이구, 아니어야. 히히히."

뭐라도 상상한 듯 히죽 웃으며 손사래를 쳤다.

"큼큼. 뭘 저는 그저 대별왕님께서 맛나게 잘 드신 걸로 족해여야. 암! 암! 그걸로 족하지 말고야."

서기원은 자리에서 일어났다.

"딱히 뭘 바라고 그러는 건 아니어야."

쿨하게 몸을 돌리던 서기원은 발걸음을 잠시 늦추며 다시 대별왕 무속화를 은근슬쩍 쳐다보았다.

"그저 쬐끔~ 아주 쬐끔~."

서기원은 엄지와 검지를 포개 얇은 틈을 만들어 보였다.

"신력을 조금만 높여주면 감사하겠어야."

서기원은 신당을 향해 넙죽 허리를 숙인 후 마루방으로 다시 걸어 나갔다.

그런데 그 걸음이 굼벵이도 그보다 빠르지 않을까 싶을 정도로 한없이 느렸다.

한 걸음.

한 걸음.

겨우 한 걸음.

힘겹게 한 걸음.

그 걸음걸음에 서기원은 힐끗 뒤를 돌아보았고, 얼굴은 울상으로 변해갔음은 물론이고.

신당과 마루방의 경계 문턱에 이르러서는 차마 너머가지 못하고 몇 번이나 멈칫멈칫, 움찔움찔거렸다.

그런 서기원의 눈에서 눈물이 한 방울 바닥으로 톡 떨어졌다.

우당탕탕탕—

서기원은 허공에 눈물을 뿌리며 신당 앞으로 달려가 엎드렸다.

"아이고, 대별왕님. 저 못돼 처먹은 완희, 잘 아시잖아여야. 이 깨비, 어찌 살라고 그래야. 대별왕님도 그러는 거 아니어야."

서기원은 바닥을 내려치며 울음을 터트렸다.

아주 통곡도 그런 통곡이 없었다.

시간이 흘러.

"이 깨비 어찌 살라고야! 아이고! 아이고! 이대로는 안 되어야. 깨비 이렇게는 못 살아야! 못 살아야!"

서기원은 배를 깐 채 바닥에 누워 팔과 다리를 마구 휘저으며 울고 불며 떼를 썼다.

"그냥 콱 죽어버릴 거여야. 진짜 죽어야! 진짜 너무해야! 대별왕님도 그러는 거 어니어야!"

이건 뭐—

어쨌든 서기원은 울며불며 숫제 떼를 썼다.

그러기를 얼마—

시원한 바람이 신당 안으로 불어 들어왔다.

"아아아악!"

갑자기 서기원은 귀를 잡고 비명을 질렀다.

서기원은 쭉 늘어진 귀를 잡고 깨금발로 끌려 나갔다.

『이노옴!』

바람의 정체는 화곡 봉제산에 터를 잡고 있는 성황신이었다.

『여기가 어디라고 떼를 쓰느냐!』

성황신은 얼마나 노했는지 새하얀 수염을 부들부들 떨며 호통을 쳤다.

"뭐여야. 성황 아니어야."

서기원은 성황신의 손을 뿌리치며 콧방귀를 꼈다.

"가야. 나 지금 무지 바빠야."

서기원은 다시 신당으로 뛰어들어 가려 했지만.

"으악!"

성황신이 그런 서기원의 머리카락을 움켜잡아 당겼다.

서기원은 머리채가 잡힌 채 허공에서 몇 번 발버둥을 치다가 마루방 바닥에 엉덩방아를 찧고 말았다.

"지금 내 머리채를 잡았어야. 한번 해보자 이거여야."

서기원은 볼록 튀어나온 배로 성황신을 툭툭 치며 쌍심지를 치켜떴다.

『이런 천방지방(天方地方)이 어디가 예쁘다고. 에잉!』

성황신은 기가 차다는 듯 낯을 찡그렸다.

그 순간, 서기원의 귀가 쫑긋 세워졌다.

"누구여야? 이 깨비가 예쁘다는 분이……."

서기원의 눈은 초롱초롱하다 못해 빛이 날 정도였다.

『허어―.』

180도 완벽하게 바뀐 서기원의 행동에 성황신은 고개를 절레절레 저었다.

『지리산 뱀사골로 가 보아라.』

"거기는 왜야?"

『내일 새벽, 뱀사골 골짝에 기맥(氣脈)이 터진다.』

"뭣이라고라고라고야. 기맥이 터져야!"

서기원의 눈이 동그랗게 떠졌다.

『다시 한번 여기서 난리를 쳤다가는 내가 친히 경을 칠 것이야. 그리 알아라! 에잉, 쯧쯧.』

성황신이 혓소리를 남기며 바람과 함께 사라지고.

우당탕탕탕탕!

서기원은 나비처럼 나풀나풀 신당으로 뛰어가 1m가량을

훌쩍 뛰어올랐다가 바닥에 쿵하고 떨어지며 엎드렸다.

"감사해야! 진짜— 진짜— 대별왕님이 최고여야!"

서기원은 조금 전과 달리 초고속으로 삼배를 후딱 끝마치며 바람처럼 신당을 빠져나갔다.

"조 박수, 니는 뒈졌어야! 음트트트트트트!"

　　　　*　　　*　　　*

따사한 햇살이 새벽의 습기를 말려가는 해 뜰 녘.

박현은 해가 잘 드는 거실 중앙에서 정좌를 하고 있었다.

바닥에서 30cm가량 허공에 떠 있는 박현의 주위로 흑백의 기운이 서로 꽈배기처럼 꼬이며 그의 몸을 에워 감싸고 있었다.

그 기운이 몸으로 흡수되었다. 그러자 박현의 몸에서 검은 기운과 하얀 기운이 번갈아 내뿜어졌다.

"흠."

박현은 눈을 뜨며 마치 의자에서 일어나듯 바닥으로 내려섰다.

'너무 조급해하지 마. 그 오랜 시간 떨어져 있었는데…… 쉽게 합일될 리 없잖아. 천천히 가자.'

검은 자신이 그리 말하는 것 같았다.

박현은 뒷짐을 쥔 손으로 주먹을 꾹 말아쥐었다.

그 시각.

별왕당 지하 연무장.

땅따라라라랑—

쿵더덕 쿵덕~

장구와 꽹과리 등 풍악이 울려 퍼지고 있었다.

정확히는 조완희의 머릿속을 풍악이 가득 채우고 있었다.

"헉— 헉— 헉— 헉—."

조완희의 얼굴은 핏기가 하나 없을 정도로 창백했고, 그가 입고 있는 새하얀 한복은 어느 한 곳 축축하지 않은 곳이 없었다.

뜀을 뛰는 그의 다리는 후들거렸고, 그로 인해 몇 번이나 무릎이 꺾였다. 비단 그만이 아니었다. 칠성방울은 제대로 소리를 내지 못할 정도로 흐느적거렸고, 언월도는 바닥을 끌고 있는 것이 오래.

그럼에도 조완희는 뜀을 뛰는 것을 멈추지 않았다.

쩡— 쩌정— 쩌어엉!

그가 뛸 때마다 황금빛 기운은 금이 갔고, 푸른 기운이 그 틈을 파고들었다.

"급급여율령[4]!"

조완희의 눈이 부릅떠졌다.

쏴아아아아—

그의 눈에서 푸른 기운이 폭풍처럼 쏘아져 나갔다.

차장창창창!

황금빛 기운이 산산조각 나 사방으로 비산하며 연기가 되어 사라졌다.

"급급여율령!"

조완희의 신기가 다시 한번 폭발하자.

스스스스스—

부서진 황금빛 불법의 기운이 푸르스름한 기운으로 스며들기 시작했다.

구오오오!

황금빛 불법의 기운을 흡수한 푸른 기운은 하나의 해일이 되어 조완희의 몸을 감싸며 어루만졌다.

또 다른 그 시각.

험준한 지리산 어느 골짜기.

마치 온천수가 바닥을 뚫고 솟구치는 것처럼 새하얀 자연의 정기가 지면을 뚫고 터져 나왔다.

"으메! 좋아야. 으메, 좋아야!"

그 중앙에 서기원이 술에 취한 듯 연신 어깨를 들썩이며 한바탕 춤사위를 펼치고 있었다.

"워매! 좋아부려야!"

서기원은 하늘을 우러러보며 소리쳤고, 그 소리는 메아리가 되어 지리산으로 퍼져나갔다.

*   *   *

"그러니까, 나를 따르고 싶다고?"

박현은 눈앞에 서 있는 호효상과 호태성, 호진우와 안면만 있는 세 명의 호족을 올려다보며 물었다.

"그렇습니다."

호효상의 대답에 박현은 고개를 갸웃거렸다.

"왜?"

그리고는 영문을 모르겠다는 듯 되물었다.

"그때의 치기인 건가?"

"아닙니다."

호효상은 고개를 저었다.

"많이 고민하고 그 고민 끝에 내린 결론입니다."

박현은 다리를 꼬고 의자 등받이에 몸을 젖히며 그를 쳐다보았다. 호효상은 박현의 눈빛을 피하지 않았다.

"그냥 받아주쇼, 보스."

호태성이 참다못해 나섰다.

'보스'라는 말에 박현의 입에서 피식 웃음이 흘러나왔다.

그 표정이 미묘해서 무슨 의미의 웃음인지 좀처럼 알기 알 수 없었다. 박현은 그런 호태성을 거쳐 호진우와 세 명의 전사들을 쳐다보았다.

"효상아."

박현은 다시 그에게로 시선을 되돌리며 입을 열었다.

"예."

"본인이 호족을 친다면 선봉에 설 수 있나?"

호효상의 눈이 잠시 흔들렸다.

"……최선을 다해 설득하겠습니다."

그 말에 박현은 고개를 저으며 다시 말을 이었다.

"설득은 없다. 통보만 있을 뿐."

박현의 눈빛은 한없이 냉정했다.

"……."

호효상은 쉽사리 말을 내뱉을 수가 없었다.

"자, 이야기 끝!"

박현은 자리에서 일어났다.

"가라."

박현은 축객령을 내리며 몸을 돌렸다.

"……하겠습니다."

호효상이 어렵게 입을 열었다.

그 말에 박현은 고개를 돌려 다시 그를 쳐다보았다.

"농담 아니야. 본인은 호족을 가질 것이고, 그렇지 않다면 철저하게 부숴버릴 거야."

박현의 눈동자는 차갑게 느껴질 정도였다.

호효상은 박현이 자신을 시험하는 것이 아닌 진짜로 호족을 치려고 한다는 사실을 느꼈다.

"변하셨군요."

단지 박현이 호족을 친다고 해서 그런 말을 꺼낸 것이 아니었다. 박현이 내뿜은 기운 자체가 뭔가 더욱 묵직하고 차갑게 느껴졌기 때문이었다.

"변했지. 변하지 않으면 죽으니까."

호효상은 크게 숨을 들이마신 후 입을 열었다.

"선두에 서겠습니다."

"소족장!"

"소족장님!"

호태성과 호진우가 깜짝 놀라 호효상을 쳐다보았다.

"대신 한 시간만이라도, 아니 그들이 스스로 무릎을 꿇을 수 있게 한 마디만 할 수 있는 시간을 주십시오. 그리한다면 제가 선봉에 서겠습니다."

박현은 호효상을 빤히 쳐다보았다.

호효상이 호족을 얼마나 사랑하는지 박현도 알고 있었다. 그런 그가 선봉에 서서 가족들을 향해 칼을 빼들겠다고 했다.

"본인의 군대가 될 호족인데…… 그 정도 아량을 베풀도록 하지."

박현이 허락했다.

호효상은 그 자리에서 무릎을 꿇고 바닥에 머리를 닿았다.

"주군께 이 목숨을 바치겠습니다."

충성 맹세에 호태성을 비롯한 호족 전사들도 무릎을 꿇었다.

"주군께 이 목숨을 바치겠습니다."

"주군께 이 목숨을 바치겠습니다."

"너희에게 주는 마지막 기회다. 나를 따라라. 훗날 본인이 살아남고, 너희들이 살아남는다면 호족에게 큰 영광을 내리겠다."

"감사합니다, 주군."

박현의 말에서 그가 여전히 자신들을 내치지 않았음을 느낀 호효상은 눈을 반짝이며 머리를 다시 한번 더 숙였다.

"우리의 첫 번째 상대는, 한성그룹이다."

"……한성그룹 말씀이십니까?"

호효상의 표정이 살짝 굳어졌다.

"문제 있나?"

박현은 호효상의 표정을 세밀하게 살폈다.

호효상은 찰나 생각에 잠기는가 싶었지만 이내 고개를 틀었다.

"아닙니다."

의문을 갖지 않는다.

좋은 자세였다.

흡족함에 입꼬리에 희미한 미소가 언뜻 그려졌다.

"그렇게 알고 준비, ⋯⋯!"

빠르게 다가오는 묵직한 기운이 느껴졌다.

박현은 눈을 찌푸리며 신기를 끌어올렸다.

그 기운을 느낀 것인지 호효상과 호태성이 가장 먼저 호족의 기운을 끌어올렸다.

팡!

공기가 터지며 통통한 그림자가 모습을 드러냈다.

"응? 호 형이 여기 웬일이어야?"

모습을 드러낸 이는 서기원이었다.

"기원아."

모습을 드러낸 서기원의 주위로 희미한 아지랑이가 피어올랐다. 단순한 아지랑이가 아니었다.

순도 높은 신력의 잔재.

박현은 충만한 신기를 느끼며 서기원을 불렀다.

"왜야?"

"몸 좋아 보인다. 좋은 거라도 먹었어?"

"움화화화화화화홧!"

서기원은 더 퉁퉁해진 배를 쭉 내밀며 허리에 손을 얹었다. 그리고는 호탕한 웃음을 터트렸다. 물론 그만이 느끼며 만끽하는 호탕함이었지만.

"그래 보여야?"

서기원은 턱을 쭉 내밀고 거만하게 물었다.

"어."

"우히히히히."

거만함은 순식간에 사라지고 서기원은 손으로 입을 가리며 어깨를 들썩거렸다. 그렇게 좋아 죽는 표정을 죽이는가 싶더니 어느새 흥을 참지 못하고 덩실덩실 몸을 흔들었다.

"근데 그거는 뭐냐?"

박현은 서기원 손에 들린 터질 듯 빵빵한 장바구니를 가리켰다.

"우리 대별왕님 드실 거여야."

"우리?"

"어. 우리."

서기원은 장바구니를 다시 번쩍 들었다.

"호 형, 조금 있다 봐야. 나 얼른 우리 대별왕님 상 차려

드려야 해서야. 울랄라라―, 우리 대별왕님 뭘 좋아하실까
야? 울랄라라~."

서기원은 콧노래까지 부르며 호효상을 향해 손을 흔들었
다.

팡―

그가 막 걸음을 내디딜 때였다.

묵직한 기운의 파동이 박현의 집을 덮쳤다.

박현의 눈이 파동을 만들어 낸 진원지로 향했다.

진원지는 바로 별왕당 쪽이었다.

'완희.'

조완희도 더욱 강력한 힘을 얻었다.

더불어 생각지도 못한 서기원까지.

박현은 입가에 미소를 지었다.

* * *

넓은 식당이 더 휑하게 느껴질 정도로 분위기가 무거웠다.

밥술을 뜨는 둥 마는 둥 하던 한재규 회장은 들고 있던
숟가락을 내렸다.

"왜요, 더 잡수시지 않고요."

박미자가 물 잔을 그의 앞으로 내밀었다.

"린이는?"

그의 물음에 박미자의 표정이 어두워졌다.

느닷없이 한설린이 집으로 돌아왔다.

그녀의 소식을 이모인 신비선녀를 통해 듣고는 있었지만, 다른 이를 통해 듣는 것과 직접 피부를 맞대고 보는 것은 달랐다.

그 소식에 한재규 회장과 한석민 전무도 서둘러 일을 정리하고 집으로 달려왔을 정도였다. 하지만 그녀는 집에 오자마자 자신의 방으로 들어간 후 밖으로 나오지 않았다.

그리고 자그만 신단을 꾸려 밤낮없이 치성을 드렸다.

아버지와 오빠가 만사 일을 제쳐두고 집으로 왔건만 그녀는 방에서 나오지 않았다.

식사도 먹지 않아 오죽했으면 밥상을 차려 방으로 날랐을까.

그녀의 행동은 뭐라고 할까, 마치 남을 대하는 듯한 모습이었다. 너무나도 달라진 그녀의 모습에, 가족들의 마음과 집에 수심이 차들었다.

"제가 올라가 볼게요."

한석민 전무가 물로 입을 축이며 자리에서 일어났다.

"됐다."

한재규 회장이 그런 그를 말렸다.

"석민아."

"예, 아버지."

"박현에게 전화 한번 넣어봐."

근본적인 문제는 한설린이 아닌 박현이었다.

"……."

"린이도 집으로 들어왔는데 지금처럼 지내는 건 말이 안
되지."

"여보."

박미자가 복잡한 감정을 살짝 내비쳤다.

"어떻게 시작되었든 짝은 지어줘야 하지 않겠소."

한재규 회장은 박미자의 손을 부드럽게 포갰다.

그런 그의 눈에 따뜻한 부정이 가득했지만 마음속에는
야망도 담겨 있었다.

"더 드세요."

박미자가 한재규의 손에 다시 숟가락을 쥐어줬다.

"그보다 숭늉이나 한 그릇 주오."

한재규는 다시 숟가락을 놓았다.

"알았어요, 잠시만 기다려요."

박미자가 주방으로 자리를 떴다.

"어쩌시려고요."

한석민이 목소리를 죽여 물었다.

"어쩌기는. 몰아붙여 봐야지. 이모님에게도 연락드리고."

"알겠습니다, 아버지."

"그래야 우리가 산다. 아직 천외천이 아니라니 어수룩할 때 잡아야지. 더 이상 늦춰서는 안 돼."

한재규는 주먹을 말아쥐며 다부진 표정을 드러냈다.

"이거라도 든든하게 드세요."

박미자가 주방에서 나오자 한재규는 얼른 표정을 풀었다. 김이 모락모락 나는 숭늉은 마치 죽처럼 밥알이 가득했다.

"입맛이 없어도 좀 들어요."

박미자는 함께 가져온 간장과 마른 김을 그의 앞에 차렸다.

"사람 참."

박미자의 마음을 모르는 바가 아니기에 한재규는 다시 숟가락을 들었다. 그렇게 한술을 뜨려는 그때였다.

자박— 자박— 자박—

계단을 통해 발자국 소리가 들려왔다.

2층에 있는 이는 단 한 명.

한설린뿐이었다.

"린……."

박미자가 한설린을 보며 자리에서 일어났지만 그녀를 부르는 목소리는 끝을 맺지 못했다.

배 아파 낳은 자식이었건만 화려한 무당옷을 입은 그녀는 어딘가 모르게 낯설었다.

단지 무당옷 때문은 아니었다.

그래, 그녀의 표정.

그리고 자신을 바라보는 눈빛.

그건 자식이 부모를 보는 눈빛이 아니라……, 적을 향한 눈빛이었다.

"린아—."

박미자는 애써 모른 척하며 겨우 그녀의 이름을 마저 불렀다.

"어디 가는 거야?"

한석민이 몸을 돌려 눈매를 슬쩍 가늘게 만들며 물었다.

"그분이 오십니다."

한설린은 마치 감정 없는 로봇처럼 억양의 고저가 없었다.

"그분이라니."

한재규는 눈살을 찌푸리며 물었다.

그 순간 한재규의 눈썹이 꿈틀거리며 고개가 거실을 지나 현관으로 향했다.

콰앙!

묵직한 파음과 함께 현관문이 부서져 내렸다.

"누구냐!"

화랑문 소속 낭도이자 한성그룹 정보4팀의 팀원이기도
한 무인 다섯이 거실로 튀어나왔다.

"그대는?"

현관으로 들어서는 이를 보자 정보4팀 4조장이자 대낭
두 정병찬이 눈을 부릅떴다. 현관문으로 천천히 걸어 들어
오고 있는 이는 바로 박현이었기 때문이었다.

정병찬은 언제라도 검을 뽑을 수 있게 조용히 허리춤으
로 손을 가져갔다.

"오셨습니까."

한설린은 얼음판을 미끄러지듯 박현 앞으로 다가와 허리
를 숙였다.

박현은 고개를 살짝 까딱이고는 거실과 식당을 잇는 입
구에 서 있는 한재규 회장과 눈을 마주치며 입꼬리를 말아
올렸다.

"오랜만이로군."

한재규는 눈살을 찌푸렸다.

박현은 한재규 회장의 인사에 아무런 대꾸 없이 거실 중
앙으로 걸음을 뚜벅뚜벅 옮겼다.

척—

정병찬이 조용히 그의 앞을 가로막았다.

박현의 시선이 잠시 그의 손에 닿은 검으로 향했다.

스스스—

정보4팀 팀원들이 은밀한 움직임으로 박현을 에워쌌다.
아니 싸려 했다.

"크르르르르르!"

"크하아앙!"

허물어진 현관과 창문으로 귀광처럼 느껴지는 안광과 함
께 호랑이의 울음이 들어온 것이었다.

"크르르르르."

이어 현관을 따라 거대한 호랑이 한 마리가 어슬렁어슬
렁 들어왔다.

야생 호랑이가 아니었다.

'호족.'

정병찬은 호족들의 등장에 적잖게 당황했다.

당황한 건 비단 그만이 아니었다.

한재규 회장도 매한가지였다.

화랑문처럼 끈끈하게 이어진 것은 아니었지만, 그날 이
후 한재규 회장은 호족과 상당히 좋은 인연을 이어가고 있
었기 때문이었다.

"뭐하는 짓인가!"

한석민 전무가 불쾌함을 내비쳤다.

팟—

그 순간 박현의 신형이 그 자리에서 사라졌다.

쾅!

진체로 한석민 전무 앞에 선 박현은 커다란 손으로 그의 머리를 움켜잡은 채 바닥에 내려찍었다.

"끄악!"

한석민 전무의 입에서 피가 튀었다.

박현은 그런 그의 얼굴을 발로 지그시 밟으며 한재규 회장을 내려다보았다.

"꺄아아아악!"

뒤늦게 따라 나온 박미자는 그 모습에 비명을 지르며 그 자리에 풀썩 주저앉았다.

"크르르르!"

그에 정병찬 팀장이 검을 뽑았지만 반체의 호효상이 조용히 그의 앞을 가로막았다.

들썩이는 호효상의 입술 사이로 시퍼런 어금니가 드러났다.

사박 사박 사박 사박—

이어 피를 묻힌 다섯 마리의 호랑이가 현관을 통해 거실로 들어와 은은한 살기를 내뿜으며 정보4팀 팀원들 앞을 가로막았다.

"박 군, 이게 뭐 하는 짓인가!"

한재규 회장은 잔뜩 굳은 표정으로 호통을 쳤다. 그에 박현은 피식 웃음을 터트리며 한재규 회장 앞으로 걸어갔다.

"가족에게……, 컥!"

박현이 한재규 회장의 목을 움켜잡아 그의 입을 틀어막았다. 그리고는 목을 잡은 채 들어올려 자신과 눈높이를 맞췄다.

『가족? 누가?』

박현은 한재규 회장의 얼굴을 눈앞으로 바싹 잡아당겼다.

『본인이?』

"크르르르르르!"

박현은 실소를 드러낸 후 그를 향해 살기를 쏘아 보냈다.

『본인은…….』

박현은 한재규 회장을 밀치듯 그를 벽으로 내던졌다.

쿵!

벽에 부딪힌 한재규 회장은 충격에 정신을 잃지는 않았지만 좀처럼 자리에서 일어나지는 못했다.

『본인은.』

박현은 그의 앞으로 다가가 그의 가슴을 지그시 밟았다.

"끄으으."

한재규 회장은 고통에 얼굴을 찡그리며 박현을 올려다보았다.

『그대들의 왕이다.』

*용어

1) 경의태서: 천지신명께 올리는 축문이다.

2) 정심신주(淨心神咒): 잡념을 지우고, 마음이 밝고 지혜로워지며, 영을 맑게 하는 주문. 도교팔대신주 중 하나.

3) 정신신주(淨身神咒): 신체가 정화되어 삼독이 사라지고, 탁기를 씻어내는 주문. 도교팔대신주 중 하나.

4) 급급여율령: 본래 중국 한나라 공문서에서 쓰이던 용어로, 훗날 도교에서 차용하여 진언으로 발전한 말.

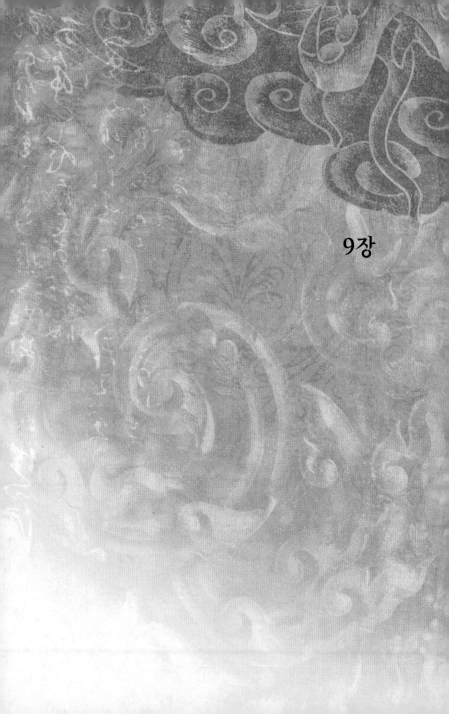

9장

본인은 그대들의 왕이다.

왕이 되려 한다가 아니다.

분명 왕이다, 라고 했다.

"끄으으."

한재규 회장은 고통에 얼굴을 일그러트리며 박현을 올려다보았다.

보았다.

그리고 느꼈다.

달라진 박현의 기세를, 분위기를.

"안 된다. 안 돼."

박미자는 비틀거리며 뛰어와 박현의 굵은 다리를 붙잡고 늘어졌다.

"크르르르."

그러나 박현의 섬뜩한 눈빛에 박미자는 열 걸음쯤 뒤에 서 있는 한설린에게로 뛰어갔다.

"린아. 안 된다. 이건 아니야!"

박미자가 한설린의 팔을 잡고 고개를 세차게 저었다.

"신께서 행하시는 일입니다."

한설린은 무표정한 표정에 감정 없는 목소리로 말하며 무심한 눈으로 박미자를 쳐다보았다.

"서, 설린아."

박미자는 그제야 한설린이 더 이상 자신의 딸이 아님을 알아차렸다.

『시끄럽군.』

박현이 목소리에 한설린의 소매에서 부적이 흘러나와 박미자의 몸을 휘감았다.

"안 돼! 어머니를……."

겨우 정신을 차리던 한석민 전무는 부적에 휩싸이는 박미자의 모습에 황급히 한설린을 향해 달려갔다.

펑!

부적 한 장이 날아가 한석민 전무의 앞에서 터졌다.

그 폭발에 한석민 전무는 뒤로 튕겨져 나갔다.

"석민아!"

박미자는 그런 한석민을 향해 닿지도 않을 손을 뻗었다.

"그만 입을 닫아요."

한설린은 미간을 찡그리며 부적 한 장을 그녀의 입 안으로 집어넣었다.

수면부(睡眠符).

그 부적이 그녀의 몸으로 스며들자 박미자는 곧 정신을 잃고 바닥으로 축 늘어졌다.

털썩―

그녀를 재운 한설린은 그저 포대를 바닥에 툭 던지듯 정신을 잃은 박미자를 바닥에 내려놓았다.

"어머니!"

한석민 전무는 피를 토했던지 입가에 피를 흘리며 다시 몸을 일으켜 세웠다.

퍼엉!

한설린이 날린 부적 한 장이 다시금 그의 앞에서 터졌다.

더욱 세진 폭발에 한석민 전무는 폭발에 휘말려 뒤로 날아가 응접용 탁자와 의자에 부딪히며 같이 나뒹굴었다.

"전무님!"

상황을 주시하고 있던 정병찬 조장은 더는 참을 수 없다

판단하고 몸을 날렸다.

"크하아앙!"

황호가 그를 막아섰지만 틈을 노리고 있던 정병찬은 황호의 발톱을 아슬아슬하게 피하며 그의 머리를 밟고 한석민을 향해 몸을 날렸다.

하지만 그건 그의 착오였다. 황호는 그를 막아내지 못한 것이 아니라 의도적으로 길을 터준 것뿐이었다.

좌라라라라라— 츠르르르르—

두 마리의 독사가 한 먹잇감을 노리듯.

한설린의 소매에서 꿈틀거리던 두 줄기의 부적이 바닥을 스치듯 기어가다 정병찬을 향해 벼락처럼 솟아오르며 그의 다리와 허리를 휘감았다.

화르르르륵!

그의 다리를 휘감은 한 마리의 독사는 불을 내뿜었다.

정병찬의 시선이 다리로 내려가자 또 다른 독사가 그의 허리를 감고 올라가 그의 목을 휘감아버렸다.

펑!

부적은 붉은 오랏줄로 바뀌어 그의 목을 졸라버렸다.

화부(火符)와 둔갑술(遁甲術)을 이용한 포박부(捕縛符)였다.

"끄아아악!"

정병찬은 허공에 목이 매달려 다리를 먹어가는 불길의

고통에 비명을 질렀다.

스스스스—

그런 그의 앞으로 한설린이 날아가 섰다.

"어찌하오리까?"

한설린이 고통에 몸부림치는 정병찬의 머리를 움켜잡으며 물었다.

박현은 한재규 회장을 내려다보며 그의 가슴을 지그시 밟아 힘을 줬다. 그러면서 입꼬리를 말아 올렸다.

"죽여. 반항하면 죽어야지. 안 그런가?"

"끄윽!"

한재규 회장은 가슴이 부서질 듯한 고통에 숨이 거칠어졌다.

"감히 신의 뜻을 거역한 자, 죽음으로 다스리라!"

박현의 강신.

한설린의 몸에서 패도적인 그의 힘인, 검은 기운이 흘러나왔다.

펑!

한설린은 부적을 폭발시키며 한 자루의 작두칼을 꺼내들었다.

쐐애애액—

작두칼은 부적에 이끌려 날아가 정병찬의 목을 단숨에

쳤다.

서걱!

정병찬의 눈이 부릅떠지는 동시에 그의 머리는 피를 흩뿌리며 바닥으로 툭 떨어졌다.

"조, 조장!"

"정 낭두!"

"낭두님!"

정보4팀 소속 화랑문 낭도들이 분노에 찬 고함을 질렀다.

"크하아아앙!"

"크허어어어엉!"

그에 맞서 호족의 전사들이 진체를 드러내며 그들을 향해 흉흉한 울음을 터트렸다.

"조금이라도 반항하면 모조리 죽여."

『예, 주군!』

호효상의 대답을 들으며 박현은 한재규를 다시 내려다보았다. 박현의 서늘한 눈에 한재규의 눈동자가 흔들렸다.

"끄으."

박현은 가슴을 짓누르던 발을 치웠다.

드르르륵—

한설린이 부적 띠를 팔처럼 사용해 박현의 뒤로 의자를 가져왔다. 박현은 진체를 풀며 그 의자에 앉았다.

그리고는 한재규 회장을 빤히 내려다보았다.

한재규 회장은 조금은 힘겹게 벽을 짚고 자리에서 일어나 그의 앞에 섰다.

"달라졌군."

한재규 회장의 눈빛은 전혀 죽지 않았다.

그 눈빛에 박현은 피식 웃음을 삼켰다.

"설린아."

박현은 고개를 젖혀 허공에 떠 있는 한설린을 불렀다.

"예, 신이시여."

"한 회장이 아직 정신을 못 차린 모양이야. 죽여."

누구를 죽이라는 말은 없었다.

"오빠가 좋겠군요."

선택은 한설린이 했다.

"나쁘지 않은 선택이야."

"신이 기쁨이 곧 저의 기쁨입니다."

좌르르— 쏴사사사사—

이내 한 장의 부적 띠가 코브라처럼 머리를 들었다. 그리고 화살처럼 한석민을 향해 날아갔다.

"안 된다!"

한재규 회장은 한순간 얼굴이 하얗게 변했고, 다급히 뛰어가 정신을 잃고 쓰러져 있는 그의 몸을 덮어 보호했다.

"큭!"

부적이 그의 옆구리를 베고 지나갔다.

"자, 잠깐!"

한재규 회장은 피가 주르르 흐르는 옆구리는 신경도 쓰지 않고 한석민을 더욱 끌어안았다.

"뭘 원하는 건…… 겁니까?"

한재규 회장은 이내 말투를 바꿨다.

"뭘 알면서 묻나."

박현은 무릎에 팔을 얹어 깍지를 끼며 그를 향해 몸을 숙였다.

"……나는 장사꾼이요. 원하는 걸 정확히 들어야 하겠소."

"흐응."

박현은 목을 삐딱하게 꺾으며 묘한 소리를 냈다.

"좋아. 말해 주지."

박현은 자리를 박차고 자리에서 일어났다.

"절대적 복종."

그 말에 한재규 회장의 눈빛은 가족으로 인해 잠시 흔들렸지만, 이내 침착하게 바뀌었다. 물론 공포에 몸을 떠는 것은 어쩔 수 없어 보였지만.

"제가 얻을 수 있는 건 뭡니까?"

한재규 회장의 물음.

박현의 눈썹이 슬쩍 꿈틀거렸다.

"역시 국내 굴지 그룹의 회장은 회장이라는 건가."

박현은 피식 웃음을 내뱉었다.

"알아서 가져가. 능력껏."

"그리하리다."

고개를 끄덕인 한재규 회장은 자리에서 일어났다.

"이제 어떻게 하면 되는 것이오?"

그 물음에 박현의 눈썹이 꿈틀거렸다.

콰앙!

박현은 그의 머리카락을 움켜잡으며 다리를 걸어 머리를
바닥에 찍었다.

"커억!"

"뭔가 오해하는 모양인데."

박현은 한재규 회장의 얼굴을 일그러트리며 바닥으로 눌
렀다.

"끄으으으."

"이건 거래가 아니야. 그리고 그대를 살려두려는 건 귀
찮음을 피하고 싶을 뿐이니까."

"……잘못했습니다."

원초적 폭력에 한재규의 의자도 꺾었다.

"본인은……."

"……우, 우리의 왕이십니다."

박현은 그제야 흡족한 미소를 지으며 몸을 일으켜 세웠다.

"오체투지로 당신들의 왕을 맞이하세요."

한설린.

한재규 회장은 바닥에 바싹 엎드렸다.

박현은 그 모습을 뒤로하고 화랑문 낭도들을 쳐다보았다.

"봤으면 가서 전해. 본인이 간다고."

"회, 회장님……."

낭도 한 명이 한재규 회장을 불렀지만 그는 대답하지 않았다. 아니 못했다는 것이 옳을 것이다.

"……가자."

한재규 회장의 대답을 기다리던 화랑문 낭도들은 분한지 입술을 깨물며 몸을 돌렸다. 그들이 떠나고 박현은 의자에 앉으며 담배 하나를 입에 물었다.

"한 회장."

"예."

"경고하는데 다른 생각은 하지 않는 게 좋을 거야."

"……."

"대신 그에 상응하는 것을 가지게 해 주지. 넘치고 넘치게."

박현은 의자에 몸을 기대며 담배 연기를 길게 내뿜었다.

*　　*　　*

이른 아침.

조완희는 신단 앞에 오체투지를 하고 있었다.

"신제자는 어찌하면 좋겠습니까?"

대별왕을 향한 그의 물음은 한없이 무거웠다.

어젯밤.

한재규 회장의 본가.

그곳엔 조완희도 자리하고 있었다.

거기에서 본 박현의 모습.

너무나도 달라진 그의 모습에 조완희는 적잖은 충격을 받았었다.

거기에 물든 한설린까지.

그나마 다행인 건 잔인한 듯하지만 손속의 여유를 뒀다는 것이었다. 어제로 봤을 때 앞으로 박현은 거침없이 움직일 게 분명했다. 피도 자욱할 것 같았다.

이면에 몸을 담은 이상 피가 무슨 문제가 있으랴만은.

대별왕께서 어떤 답도 내주지 않았지만……, 오랜 물음 끝에 조완희는 박현, 그를 친구로서 그를 바른 길로 인도해야 함을 알 수 있었다.

대별왕을 대신해서 그를 지켜보면서.

'성심을 다해, 이 신제자……'

달그락— 바삭—

"오물오물—. 쩝쩝. 맛있지야? 지도 맛있어야."

'맛있지……'

조완희의 눈썹이 꿈틀거렸다. 허나 이내 잡념을 털었다.

'그를 반드시 올바른 길로……'

부시럭—

"이것도 드셔봐야. 진짜 끝내줘야."

'끝내버리……'

조완희는 몸을 부르르 떨었다.

망할 도깨비.

서기원은 무슨 배짱인지 신단 앞에 쪼그려 앉아 마치 동무와 너 한입 나 한입 먹는 것처럼 자기 하나 먹고, 신단에 하나 올리고, 자기 하나 먹고, 신단에 올리기를 반복했다.

'신제자, 더 이상 몸주를 모시는 이 신당에서 무례를 보지 못하겠사옵니다.'

스릉—

조완희는 엎드린 채 조용히 언월도를 꺼내들었다.

"어허, 밑장 빼지 마야."

곧바로 서기원의 날카로운 목소리가 들려왔다.

조용히 뽑아들었건만.

"어떻게 알았어?"

이미 들켜버린 조완희는 대놓고 언월도를 움켜잡으며 자리에서 일어났다.

"소리는 눈보다 빠른 법이여야."

"지랄한다! 소리고 눈이고 여기가 동네 사랑방이냐? 감히…… 신성한 신당에서……."

조완희는 서기원이 앉아있는 신단 앞에 지저분하게 뿌려진 과자 부스러기를 보자 쌍심지가 바싹 치켜 올라갔다.

"그냥 뒈져라!"

조완희는 서기원을 향해 언월도를 휘둘렀다.

"나도 예전의 깨비 아니어야. 어데서 비벼들어야. 웃차!"

서기원도 도깨비방망이를 빼어들며 호탕하게 맞서 갔다.

카가가강!

그렇게 둘의 신형이 신당에서 엉켰다.

대별왕 무속도 아래에서.

잠시 후.

둘은 벽을 향해 무릎을 꿇고 두 손을 들고 있었다.

조완희는 언월도를, 서기원은 도깨비방망이를 들고 서.

사이좋게.

＊　　　＊　　　＊

『흠!』

해태는 얼굴을 굳히며 미약한 침음을 삼켰다.

텅 빈 집.

당연히 이 집의 주인은 안순자였다.

그리고 그녀는 집에 없었다.

그저 집을 비운 것이 아니었다. 몇몇 가구가 어지럽혀져
있는 것을 보면 급히 자리를 뜬 것이 분명했다.

그 이유는 하나.

박현의 정체를 유일하게 알고 있는 그녀가 자신을 피해
도망을 쳤다는 것이다.

오싹한 냉기에 해태는 눈을 떴다.

용왕 문무는 무표정한 얼굴로 녹차를 마시고 있었다.

감정을 내비치지는 않았지만 그의 마음속은 노여움으로
가득 차 있을 것이 분명했다.

『문무.』

"됐네. 무슨 말을 할지 알고 있으니. 그 마음 아니 이리
있는 거 아닌가."

『…….』

배신감이 이럴까.

해태는 씁쓸한 웃음이 지어졌다.

왜 안순자는 자신을 피했을까.

진짜 박현이 악신이라서 그런가?

정녕 그녀는 불러내서는 안 되는 존재를 불러낸 것인가.

마음이 복잡해졌다.

"자네 마음이나 다스려. 어차피 나의 노여움은 제3자의 노여움이니까."

용왕 문무가 한마디 툭 던졌다.

폐부를 찌르는 그 말에 해태의 입가에 씁쓸함이 그려졌다.

부우우웅—

거친 엔진 소리에 해태는 고개를 돌려 창문 밖을 쳐다보았다. 울퉁불퉁한 비포장 흙길과 어울리지 않는 고급 승용차가 마당으로 들어왔다.

똑똑똑.

잠시 후 문기척 소리와 함께 젊은 군인이 현관문을 열었고, 그 뒤로 북한 특유의 정장을 입은 중년 사내가 서 있었다.

"여서 기다리라우."

중년 사내는 조심스러운 몸가짐으로 거실로 들어왔다.

그는 왼쪽 가슴에는 붉은 인공기에 김일성과 김정일의 사진이 박힌 김부자—배지가 달려 있었다. 흔하게 볼 수 있는 모양이 아닌 것을 보면 고위급이 분명했다.

그 사내는 해태와 마주 앉아 있는 용왕 문무를 보자 순간 흠칫하는 모습이었다.

　"해태 님을 뵈옵니다."

　중년 사내는 용왕 문무가 신경에 쓰이는지 허리를 숙여 인사를 올리는 와중에도 용왕 문무를 힐끗 쳐다보았다.

　"뉘신지 감히 여쭤 봐도 되겠습니까?"

　중년 사내는 조심스럽게 물었다.

　"알 것 없다. 살고 싶으면 눈 닫고 귀도 닫아라."

　용왕 문무의 차디찬 목소리에 중년 사내는 황급히 입을 닫았다.

　『그래, 어찌 되었느냐.』

　"죄송합네다."

　중년 사내는 국가안전보위부[1] 제1부부장이었다.

　"고조 에미나이가 변조한 여권으로 중국으로 넘어갔습네다. 그래서 중국 공안 협조를 얻어 추적했사온데."

　"온데?"

　용왕 문무.

　서슬이 퍼런 목소리에 국가안전보위부 제1부부장은 마른침을 꿀떡 삼키며 재빨리 말을 이어갔다.

　"그 에미나이 흔적을 찾았을 때에는 이미 유럽행 비행기를 탄 후였습네다."

『유럽?』

해태가 눈가를 찡그리며 물었다.

"일단 목적지가 프랑스 파리이기는 한데 정확한 목적지
는……."

국가안전보위부는 안방의 호랑이일 뿐이었다.

중국에도 큰 영향력이 없는데 하물며 유럽이야.

"그래도 각 대사관에 공문을 보내놨으니 발견되는 대로
즉시 연락이 올 겁네다."

"쯧쯧."

이미 틀려먹었다는 걸 안 용왕 문무는 마음에 들지 않는
이 상황에 혀를 찼다.

『수고했다.』

해태가 손을 저어 축객령을 내리자 중년 사내는 눈치를
살피며 서둘러 밖으로 나갔다.

용왕 문무는 거실 구석에 서 있는 김말자를 노려보았다.

그 눈빛에 그녀의 어깨가 움츠러들었다.

"쯧."

용왕 문무는 다시 혀를 차며 시선을 거뒀다.

그녀 역시 아는 바가 없다는 것을 알고 있었기 때문이었다.

"신비."

"예."

용왕 문무는 신비선녀를 불렀다.

"유럽에 끈이 있지."

"검계를 통하면 되옵니다."

"검계든 뭐든 이용해서 행방을 찾아."

용왕 문무의 명은 무거웠다.

*   *   *

김월, 이제는 화랑문주인 풍월주가 된 그는 마당 아래 누워 있는 정병찬 낭두의 시신을 보며 분노를 참지 못하고 몸을 바르르 떨었다.

"박현인가?"

김월은 분노를 억누르며 물었다.

"아, 아닙니다."

그의 시신을 거둔 낭도가 김월 곁에 서 있는 가모, 한예린의 눈치를 보며 대답했다.

"그럼 누구더냐! 정 낭두를 죽인 놈이."

"그, 그것이……."

"어서 말하지 못하나!"

대낭두에서 화랑에 오르며 흐를 유(流)자를 받아 유화랑이 된 유동환은 선뜻 말을 이어가지 못하는 낭도를 다그쳤다.

"……가모님의 동생이신 한설린 양이었습니다."

"뭐, 뭐?"

"뭐라고 하, 하셨죠?"

김월과 한예린, 둘이 동시에 경악했다.

"리, 린이가 정 조장을 죽였다고요?"

도저히 믿을 수 없다는 듯 한예린은 낭도에게 재차 물었다.

"……그렇습니다."

"그 아이는 평범……."

한예린은 말을 하다 말고 입을 닫았다.

그녀는 박현의 무녀가 되었다.

무문이 검계의 한 문을 차지하지만 솔직히 무력과는 거리가 있는 일문(一門)이었다. 그렇다고 무력이 아예 없는 건 아니었다.

박수무당 조완희만 봐도 그렇다.

몇 안 되는 강신술을 쓰는 그는 검계 차기지수 중 수위를 달리는 이였다.

하지만 이모 신비선녀는.

나름 힘은 쓰지만 무력과는 거리가 먼 사람이었다.

머리가 복잡해졌다.

"자세히 말해 보라."

김월이 얼굴을 찌푸리며 말했다.

"그것이······."

낭도는 최대한 기억을 짜내 그날 있었던 일을 설명했다.

그의 이야기가 진행될수록, 특히 호족 전사의 등장에서는 김월의 얼굴이 더욱 찌푸려졌다. 한설린이 정병찬 낭두를 죽였을 때 입술을 질끈 깨물었고, 한재규 회장이 그에게 무릎을 꿇은 장면에서는 분노를 참지 못하고 짙은 살기를 내뿜었다.

"유화랑. 화백 회의²⁾를 연다."

김월은 풍월주에 오르며 아버지와 달리 독단에서 벗어나 화랑의 힘을 대폭 강화시키며 신라의 회의제도인 화백 회의를 가져왔다.

물론 회의의 중심과 의사 결정은 김월 자신이 하지만 적어도 화랑들의 의견에 귀를 기울였다.

"예. 풍월주."

유화랑은 그 즉시, 낭도들을 시켜서 화랑들을 모두 불러 모았다.

장방형 탁자에 김월을 중심으로 다섯 명의 사내가 앉아 있었다.

새롭게 화랑으로 올라선 유화랑 유동환과 비화랑 안덕해와 매화랑 최희근, 그리고 기존 화랑이었던 백화랑 김상현과 야화랑 최종열이었다.

"오면서 모두 들었을 거라 여겨집니다만."

"대략적으로 들었습니다, 풍월주."

가장 연장자이자 실질적인 화랑문 무력의 한 축을 맡고 있는 백화랑 김상현이 대답했다.

김월은 백화랑과 야화랑 최종열을 바라보았다.

둘은 유일하게 중립을 지킨 화랑문의 거장이자 선대 풍월주 시절에 화랑문의 중심을 잡고 버텼던 인물들이기도 했다. 그런 그들이기에 그들을 쳐다보는 김월의 눈에는 강한 신뢰가 담겨있었다.

자신은 배신해도 화랑문은 배신하지 않을 이들이기에 더더욱 말이다.

"그런데 풍월주께서 무얼 고민하시기에 화백 회의를 여신지 궁금할 따름입니다."

백화랑은 김월에게 의문을 표했다.

"그렇습니다. 그가 먼저 칼을 뽑았으니 이면의 율법에 따라 복수를 하면 되는 거 아니겠습니까?"

백화랑과 달리 호전적인 야화랑이 은은한 분노를 드러냈다.

"처가 때문인지요?"

백화랑의 눈빛은 깊었다.

그리고 그의 마음 역시 깊었다.

백화랑은 유화랑을 통해 처가와 박현에 대해 어느 정도 알고 있었다. 다만 그가 모르는 것은 박현이 용이라는 것이었다.

"처가가 그리 당했으면 응당 갚아줘야지요. 제가 선두에 서겠습니다."

그에 반해 야화랑은 곧바로 호전적인 성격을 드러냈다.

"사실 제가 여러분에게 말을 하지 않은 것이 있습니다."

김월은 심사숙고 끝에 입을 열었다.

"그리고 이 이야기는 밖으로 새어나가서는 안 됩니다."

김월의 말에 다섯 화랑은 진중한 얼굴로 고개를 끄덕였다.

"그는……."

김월이 박현의 정체를 입 밖으로 꺼내려는 그때였다.

쉬이이이익—

마치 방울뱀의 울음과도 같은 음산한 소리가 그들의 귓가에 파고들었다.

"……!"

"……!"

"……!"

김월을 포함한 다섯 화랑의 눈이 부릅떠졌다.

방울뱀 소리와 함께 다가오는 음산한 살기를 느꼈기 때문이었다.

파박— 파바밧—

여섯 명은 누가 먼저라고 할 것도 없이 사방으로 몸을 날렸다.

콰앙!

풍월각 창문이 터지며 두 줄기의 부적 띠, 부적사(符籍蛇)가 날아들어 와 머리를 들어올렸다.

쉬쉬쉬쉬쉬—

부적사는 몸을 비비듯 부적들을 비비며 음산한 울음을 토해냈다.

"……!"

김월은 부서진 창문과 독기를 내뿜는 부적사를 넘어 밖을 쳐다보았다. 그리고 검은 기운을 뿜어내며 허공에 떠 있는 한설린과 눈을 마주치자 눈을 부릅떴다.

"……처제?"

"이노옴!"

야화랑.

쐐애액— 서걱!

그는 분노를 터트리며 검을 뽑아 일검에 부적사의 허리를 끊었다.

꽤애애애액!

마치 부적사는 고통으로 인한 비명이라도 지르는 듯 잘

린 몸을 파르르 비비며 야화랑을 향해 머리를 치켜들었다.

"요물이로구나!"

야화랑은 그런 부적사를 향해 검을 찔러들어 갔다.

하지만 그건 허수였다.

잘린 몸통에서 다시 머리가 내밀어지며 야화랑의 다리를 휘감은 것이었다.

"헛!"

그 사이 잘린 부적사는 또 다른 부적사와 합쳐져서 조금 더 큰 부적사가 되어 야화랑을 덮쳐갔다.

"어림없다!"

야화랑은 다리를 휘감은 부적사를 베었다.

화르르륵— 펑!

부적사를 단숨에 잘라버렸지만, 자르는 순간 야화랑의 다리를 감싼 부적들이 터졌다.

"크윽!"

야화랑의 얼굴에 고통 어린 기색이 어렸다.

부적의 폭발로 인해 한쪽 다리의 바지는 그을린 듯 터져 나갔고, 맨다리는 불길에 붉게 변해 있었다.

꺄아아아아아—

그런 야화랑을 향해 좀 더 커진 부적사가 그의 머리를 노리고 날아들었다.

"흡!"

야화랑이 헛바람을 터트리며 서둘러 검을 들어 방어에 들어갔다.

부적사는 말 그대로 부적 뱀.

쉬쉬쉬쉿―

부적사는 몸통을 틀어 검을 피하며 그의 옆구리를 향해 독니를 드러냈다. 부적사의 공격을 막을 수 없다는 것을 느낀 야화랑은 입술을 질끈 깨물며 검을 강하게 움켜잡았다.

살을 내줘도, 아니 뼈를 내줘도 상대의 뼈를 취할 요량으로 고개를 돌려 한설린을 쳐다보았다.

"갈!"

그 순간, 백화랑이 부적사와 야화랑 사이에 끼어들었다.

서걱!

그의 검은 수려한 원을 그리며 부적사의 머리를 옆으로 밀어내며 머리를 단숨에 잘라버렸다.

순간의 여유가 생기자 백화랑은 단숨에 한설린을 향해 몸을 날렸다.

쐐애애애액―

그의 검은 한 줄기 푸른 검기를 뿜어내며 한설린의 가슴을 향해 쏘아나갔다.

한설린은 그런 검에 눈썹을 꿈틀거리며 손을 휘저었다.

그러자 마치 당겨진 고무줄이 다시 되돌아오는 것처럼 부적사가 백화랑의 등을 노리고 날아왔다. 하지만 그걸 비웃기라도 하는 듯 백화랑은 땅을 한 번 디디며 더욱 빠르게 한설린을 향해 날아들었다.

"……!"

검이 한설린의 가슴을 꿰뚫으려는 직전, 백화랑은 한설린을 보며 눈가를 찡그렸다.

마치 인형처럼 그녀의 표정은 큰 변화가 없었다.

곧 죽을 상황임에도.

씨익—

아니 오히려 그녀의 입에서 섬뜩한 미소가 그려졌다.

불길함이 그를 엄습했다.

아니나 다를까.

그의 앞에 검은 그림자가 툭 떨어졌다.

"쿠허어어어어어어!"

두 개의 뿔과 푸른 눈.

그리고 거대한 주먹.

야화랑의 검의 봉³⁾과 커다란 주먹이 부딪혔다.

기기긱!

서로 한 치의 물러섬 없이 힘을 겨뤘다.

"하앗!"

야화랑은 기합을 터트리며 검에 더욱 강한 내력을 밀어넣었다.

파르르르르—

검이 울며 검기는 더욱 진해지고 날카로운 검사를 만들어냈다. 수십 줄기의 검사는 검을 벗어나 주먹과 손목을 휘감았다. 주먹과 손목에 가느다란 혈선이 만들어졌지만.

그와 동시에.

파작— 파자작!

야화랑의 검면에 가느다란 금이 가기 시작했다.

"쿠허어어엉!"

이어서 터진 흉포한 울음.

파장창창창창—

야화랑의 검이 산산조각 나며 커다란 주먹은 그의 가슴을 후려쳤다.

"커억!"

야화랑은 피를 토하며 뒤로 날아가 벽에 부딪히고 바닥으로 떨어졌다.

"쿠르르르르."

그런 그를 내려다보는 거대한 반신, 백우.

그리고 그를 둘러싼 검은 기운.

박현이었다.

*용어

1) 국가안전보위부: 한국의 국정원과 비슷한 단체이다. 대외적으로 알려진 것은 이름뿐, 수장인 보위부장을 비롯해 밝혀진 바가 거의 없다.

2) 화백 회의: 신라의 회의 기구로 진골 출신의 대등으로 구성된 합의체 기구다. 국가의 중대한 일을 결정하고 왕과 귀족 사이에서 권력을 조절한다. 또한 화백 회의는 만장일치에 의결하는 것이 원칙이다. 고구려에는 제가 회의, 백제에는 정사암 회의가 있다.

3) 검의 봉: 검봉(劍鋒), 칼의 끝.

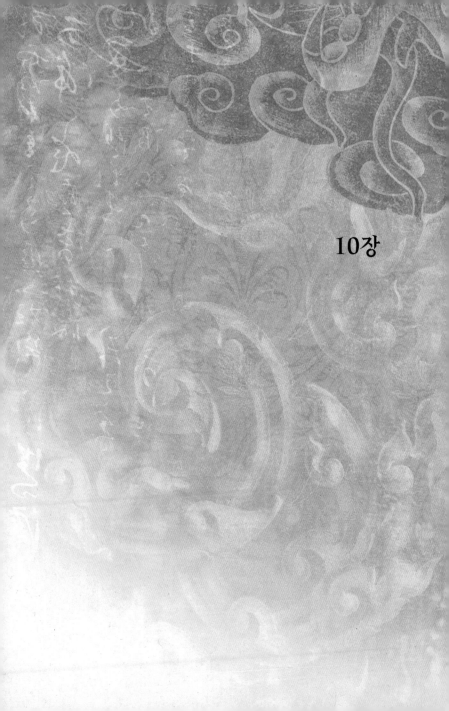

10장

"나의 신이여!"

한설린은 거대한 등을 보며 메마른 사막에서 꽃이 피듯 인형처럼 감정 없는 얼굴에서 환한 웃음을 드러냈다.

"퉷!"

야화랑은 검붉은 피를 내뱉으며 다시 검을 들었다.

그리고 숨이 막힐 듯 거대한 기운을 뿜어내는 백우로 진체한 박현을 향해 몸을 날렸다. 하지만 그의 걸음은 채 세 걸음이 가지 못하고 가로막혔다.

서기원에 의해.

"어딜 갈라고 그래야. 가면 진짜 죽어야. 그러니까 나랑 놀아야."

서기원은 자연스럽게 야화랑의 품으로 파고들며 그의 몸을 배로 튕겼다.

척.

그리고는 장난기 어린 눈으로 도깨비방망이를 어깨에 걸쳤다.

"크으."

야화랑은 충격이 상당했던지 겨우 벽을 짚고 자리에서 일어났다.

"오랜만이오."

백화랑이 야화랑을 엄호하듯 둘 사이에 내려섰다.

"이야, 오랜만이어야."

서기원은 흉한 분위기와 달리 천진난만하게 손을 흔들어 인사했다.

"반갑게 인사하기에는 분위기가 좀 그렇소만."

백화랑은 검을 살짝 들어올렸다.

"아―, 맞아야."

서기원은 손바닥으로 이마를 툭 쳤다.

"그리고 좋은 일로 온 건 아닌 걸로 보이오만."

"맞아야."

서기원이 씨익 웃음을 드러냈다.

그 웃음은 조금 전과 달랐다.

장난기가 가시고 무장의 기운이 풀풀 날리는 그런 웃음이었다.

무장의 기운에 백화랑의 눈매가 굳어졌다.

젊을 적 검계 검수단에서 활동할 때, 검계와 암행단의 공동 작전이 있었다. 그때 암행단 두령으로 그를 처음 만났다.

그렇게 몇 해를 검수단의 일원으로 함께 작전을 펼치거나 가끔 만나 술 한 잔도 나눴었다.

그리고 검수단을 떠났고, 삼십여 년이 흘렀다.

이후, 뜨문뜨문 오가며 만나기는 했지만, 싸움터는 아니었다.

'천급의 극에 달한 것인가?'

그런 자신의 기억에 그의 기운은 이 정도는 아니었다.

"이런 모습으로 만날지는 몰랐소. 서 두령."

"세상사가 다 그래야."

백화랑은 고개를 주억이며 서기원 뒤에 있는 박현을 쳐다보았다.

'백우.'

백화랑은 보았다.

야화랑과 부딪히기 직전 스치듯 백호를 거쳐 백우로 변하는 모습을.

박현이 백호다 백우다 이런저런 말들이 잠깐 나돌았었다.

말도 안 된다 여겨 흘려들었거늘.

이어 그의 옆으로 다가서는 조완희와 지붕에서 모습을 드러내는 호족 전사들을 짧게 스쳐보면서 어금니를 꽉 깨물었다.

'득보다는 실이 많겠군.'

백화랑은 침음을 속으로 삼켜야 했다.

'허나 여기는 화랑문이며, 나는 화랑이다!'

백화랑은 서기원을 향해 다시 검을 들어올렸다.

"오랜만이군."

김월은 대청마루로 나와 박현을 쳐다보았다.

때대대대대대댕—

그가 인사를 건넬 때 마치 기다렸다는 듯이 적의 침입을 알리는 종소리가 울려 퍼졌다.

"쿠르르르."

"꼭 이렇게까지 했어야 했나?"

김월은 애써 기운과 분노를 갈무리하며 물었다.

『그대들이 실타래를 꼬았는데 풀 생각을 하지 않으니……, 본인이 직접 풀 수밖에.』

"이게 실을 푸는 건가?"

『일일이 풀 필요는 없지 않은가?』

"그래서 자네는 뭘 얻지?"

김월이 미간을 찌푸리며 물었다.

『본인의 왕국.』

"……왕국?"

김월의 얼굴에 황당함이 그려졌다.

『본인은 그대들의 왕이 될 것이다.』

"크하아아아앙!"

박현은 한순간 진체, 백호로 변하며 폭발하듯 단숨에 김월을 향해 달려들었다.

"어림없다!"

박현을 막아선 이는 유화랑과 비화랑이었다.

둘은 동시에 칼을 뽑으며 박현을 향해 검을 휘둘렀다.

좌라라라랑!

짧은 칠성방울 소리와 함께 조완희가 그들에게로 뛰어들었다.

"그대들은 본좌와 놀자꾸나!"

관성제군을 강신한 조완희는 빠르게 언월도를 내뽑으며 그들의 검과 맞부딪혀 갔다.

카가가강!

"큭!"

"크으!"

조완희의 일격에 유화랑과 비화랑은 짧은 신음과 함께 뒤로 튕겨져 나갔다.

"좋구나!"

휘이이익— 쿵!

조완희는 언월도를 머리 위에서 한 바퀴 휘두르며 바닥을 내려찍었다.

"이만하면 본신의 힘을 그럭저럭 쓸 수 있겠구나. 으하하하하!"

조완희에게 강신한 관성제군은 그의 어깨를 툭 치며 만족스러움을 드러냈다.

"달라지셨구려."

유화랑이 입술을 깨물었다.

조완희.

그를 모를 리 없다.

손속도 겨뤄봤다.

자신보다는 반 수 위.

이기지는 못해도 지지 않을 자신이 있었다.

아니, 화랑에 오르며 화랑문의 상승비전인 신라화랑검법 호신검[1] 25단까지 전수받았다.

아직 능숙하지 않다지만 이제 해볼 만하다 여겼다.

아니 어쩌면 그를 넘어서지 않을까 조금은 희망에 찬 생각을 언뜻 가져보기도 했었다.

허나 자신이 성장한 것과는 비교도 되지 않을 정도로 조완희의 힘은 폭발적으로 커져 있었다.

"이 녀석이 나름 애를 쓴 모양이야."

그의 말에 유화랑의 낯이 어두워졌다.

"너무 걱정하지 말거라. 내 너의 명줄마저 거두지는 않을 터이니."

쑤아아아아악—

조완희는 언월도를 슬쩍 놓았다. 그리고는 앞으로 쓰러지는 언월도의 칼자루 끝을 발로 차올렸다. 그러자 언월도는 마치 화살처럼 유화랑의 목을 향해 날아갔다.

"헛!"

갑작스러운 공격에 유화랑은 헛바람을 들이마시며 재빨리 검을 들어 날아오는 언월도를 막아갔다.

캉!

언월도가 유화랑의 검에 튕기자 기다렸다는 듯이 조완희는 언월도의 칼자루를 잡아 크게 원을 그리며 그의 허리를 베어들었다.

"핫!"

유화랑은 재빨리 칼을 틀어 언월도를 상대했다.

카앙—

"헉!"

상상 이상으로 언월도에 담긴 힘이 강했다.

그 힘에 눌린 듯 유화랑의 몸은 뒤로 주르르 밀려났다.

"핫!"

캉!

그러자 비화랑이 뛰어들어 언월도를 막으며 힘을 보탰다.

"허허!"

조완희는 기합도 웃음도 아닌 목소리를 터트렸다. 그러면서 언월도로 반원을 그려 비화랑의 다리를 칼자루로 걷어 올렸다.

"흐압!"

쾅!

비화랑이 뒤로 넘어지자 조완희는 다리를 크게 구르며 언월도를 내려찍었다.

우르르르—

그의 진각은 건물이 흔들릴 정도로 엄청난 힘이었다.

유화랑과 비화랑 때문에 잠시 주춤했던 박현은 우수수 먼지가 내려앉는 대청마루 위로 거침없이 뛰어들었다.

챙—

"화랑문이 그리 우습더냐!"

김월도 더 이상 참지 못하고 칼을 뽑아들었다.

쑤아아악—

그의 칼날은 거침없이 박현을 향해 움직였다.

김월은 칼을 부드럽게 돌려 박현의 주먹을 흘리고는 그의 손목을 베어들어 갔다.

카가각!

완벽하게 베었다 여겼지만 마치 토시처럼 박현의 손목 위는 검은 무언가가 뒤덮여 있었다. 그건 마치 바위섬을 뒤덮은 조개더미처럼 보였다.

카각— 카가각!

김월은 마치 뱀처럼 칼의 궤적을 꼬며 그의 팔과 어깨를 베어 들어갔다.

그러자 검은 조개껍데기는 마치 살아 있는 생물처럼 그의 칼날을 맞춰 팔과 어깨로 옮겨갔다.

쾅!

그렇게 우직하게 밀고 들어간 박현은 큼지막한 주먹으로 김월의 얼굴을 후려갈겼다.

김월은 재빨리 몸을 뒤로 젖혔지만 그의 주먹을 완벽하게 피할 수 없었다.

묵직한 충격에 김월의 몸은 그 자리에서 한 바퀴 돌며 바닥으로 떨어졌다.

"쿨럭!"

그런 그의 눈 위로 커다란 발바닥이 떨어져 내렸다.

팍!

김월은 누운 상태로 땅으로 밀어 찼다.

쾅!

김월은 아슬아슬하게 박현의 다리를 피하며 훌쩍 뛰어 섰다.

"또 다른 모습인가?"

김월의 질문에 박현은 어깨를 슬쩍 들어 올리며 다시 그를 향해 걸음을 옮겼다.

"화랑문의 저력을 얕보지 마라."

김월은 칼날을 접어 기수식을 취하며 왼손 검지로 칼날을 슥 그었다.

"상기천검 이기 천지진동, 자기천검 이실 상천진동……."

화랑문 풍월주를 통해서만 이어지는 비전 중 비전.

개파조사인 김유신에게서 이어진 주문수도(呪文修道) 신검주(神劍呪)[2]를 읊기 시작했다.

그러자 그의 내단이 빠르게 회전하며 내력을 폭발적으로 끌어올렸다. 그 내력은 칼로 이어졌다.

후웅— 치잉!

그의 칼이 울음을 토하며 더욱 단단해졌다.

그런 칼날에는 투명한 실들이 빼곡하게 덮여 있었다.

검사(劍絲).

하지만 그걸로 끝이 아니었다.

검기가 만들어낸 실낱은 끈적끈적해지며 다른 실낱과 엉겨 붙기 시작했다.

검강(檢罡).

하지만 검강으로 가지는 못했다.

치이이이잉!

하지만 그 정도로도 충분히 강했다.

아니나 다를까.

쑤아아아아악!

검사라는 이빨을 드러낸 김월의 칼은 다시 박현의 품으로 파고들었고, 박현은 절대방어 조개로 그 칼을 막아갔다.

파삭!

전과 달리 박현의 검은 조개껍데기는 김월의 칼날을 버티지 못하고 부서졌다.

"쿠르르르!"

박현은 부서지는 자신의 또 다른 몸인 검은 조개껍데기를 흘려보며 김월의 복부로 주먹을 꽂았다.

퍽!

김월은 재빨리 검자루를 잡은 양손을 내려 마치 X자로 팔을 교차해 방어에 들어간 것처럼 박현의 주먹을 막았다. 하지만 그의 힘까지 흘릴 수는 없었는지 그의 몸이 허공으로 불쑥 튕겨졌다.

김월의 눈매가 가늘어졌다.

다리에 힘을 줘 굳건히 다시 선 김월.

"크하아앙!"

그런 그를 향해 박현은 백우에서 백호로 변하며 단숨에 김월의 다리를 노리고 들어갔다.

마치 이종격투기에서 테이크 다운을 보는 듯한 공격.

'검을 우습게 보는군.'

김월은 조소를 머금으며 검을 역수로 잡은 채 박현을 향해 아래에서 위로 길게 베어 올렸다.

검사를 머금은 검날이 박현의 어깨를 베려는 순간.

"……!"

그 짧은 찰나.

김월은 박현의 눈을 마주했다.

그리고 그의 입가에 지어진 비릿한 미소도.

뭔가 잘못되었다고 느끼는 그때였다.

박현의 몸이 기이하게 움직이는가 싶더니 김월의 검날을 피하며 자신의 다리와 허리를 휘감았다.

"꺽!"

김월은 한순간 가슴을 압박하는 고통에 눈이 부릅떠졌다.

그런 그의 눈에 자신의 다리와 허리를 에워 감싸는 하얀 무엇인가가 보였다.

새하얀 색을 해치지 않는 기이한 검은색 무늬와 비늘.

'이건······.'

그건 바로 뱀, 그것도 백사의 몸통이었다.

"끄윽!"

다리와 허리, 가슴에서 느껴지는 거대한 압박에 질식할 것만 같은 고통이 김월을 지배했고.

"치이이이이이이이—."

동시에 뱀의 울음소리가 김월의 귓가를 파고들었다.

『복종과 죽음, 그대는 무엇을 선택할 것인가?』

박현은 김월의 등 뒤에서 사람의 상반신에 뱀의 하반신을 가진 복희[3]와도 같은 반인반사(伴人半蛇)의 모습으로 그를 내려다보며 목을 움켜잡았다.

*　　*　　*

대별왕을 직접 만난 날.

박현은 또 다른 자신의 얼굴들을 만났다.

그중 가장 가까이 있는 얼굴을 가져올 수 있었다.

지혜와 불멸이자 영원하면서도 신과 대적하는 사악한 존재로의 양면의 얼굴을 가진 그 얼굴.

뱀.

그 뱀의 얼굴을 얻었다.

"끄윽!"

박현은 양손으로 김월의 목을 움켜잡았다.

여차하면 그의 목을 부러트릴 기세.

"또 다른 모습을 찾았군."

김월은 고통 속에서도 의지를 잃지 않았다.

내단에서 내력을 더욱 끌어올려 자신의 몸을 마치 터트리려는 듯 죄여 오는 힘에 대항했다.

"끄으."

김월의 힘에 미세하지만 그를 감싼 박현의 뱀의 몸통이 조금씩 벌어졌다.

미세한 틈으로 팔꿈치 아래로 약간의 자유를 찾은 김월은 역수로 든 검을 박현의 뱀 몸통을 향해 내리찍었다.

푹!

"크하학!"

박현이 순간 고통에 몸이 경직되자 김월은 그 틈을 놓치지 않고 몸을 비틀어 그의 뱀 몸통에서 빠져나올 수 있었다.

슈슈슈—

하지만 그는 멀리 가지 못했다.

박현이 꼬리를 휘둘러 그의 옆구리를 후려쳤기 때문이었다.

콰당탕탕탕!

김월은 그 충격에 옆으로 날아가 기둥에 처박히며 마루를 거쳐 마당으로 굴러떨어졌다.

"치이이이이이—."

박현은 몸에 박힌 검을 뽑으며 빠르게 마루를 기어 김월을 향해 달려들었다.

쑤아아아아—

그때 수십 발의 화살들이 섬뜩한 파공성을 만들어 내며 박현을 덮쳤다.

카가가가강!

박현은 빠르게 몸을 뒤로 내빼며 양손을 교차해 거대한 조개껍데기를 만들어 보호했다.

십여 발의 화살은 조개껍데기에 튕겨져 나갔고,

파바바바박!

나머지 화살들은 대청마루와 마당에 내리꽂혔다.

박현은 벽처럼 거대한 조개껍데기를 양옆으로 밀어젖히며 마당을 내려다보았다.

백여 명이 훌쩍 넘어 보이는 화랑문 무인들이 눈에 들어
왔다.

"치이이이이이—."

박현은 그들을 보며 히죽 웃음을 그렸다.

"풍월주."

매화랑 최희근이 김월을 얼른 부축하며 마당으로 물러났
다.

"괜찮아."

김월은 그의 부축을 뿌리치며 다리를 꼿꼿하게 세우고
허리를 폈다.

현판이 그의 눈에 들어왔다.

금관재(金官齋).

개파조사 김유신이 남긴 친필이 자신을 내려다보고 있었
다.

금관재는 금관가야(金官伽倻)[4]의 정신을 잊지 않기 위해
만들어진 화랑문의 중심이자 역사.

금관재 창문이 부서지고, 대청마루에 화살이 꽂혔다.

화랑의 정신, 금관가야의 정신이 침범당했다.

쇠아아아아아—

김월에게서 더할 바 없는 분노와 짙은 살기가 피어났다.

내단이 팽이처럼 돌며 내력이 번개처럼 김월의 몸에서 튀어나갔다.

파지직—

김월이 내뿜는 기운은 거칠면서도 매서웠다.

팅—

그가 손을 뻗자 대청마루 벽에 꽂혀 있던 검이 튕겨져 나와 그의 손으로 날아갔다.

"금관재를 더럽힌 자, 목숨으로 갚으리라!"

김월은 검에 살기를 더해 박현을 향해 몸을 날렸다.

*　　*　　*

"이런."

조완희는 금관재 마당과 주변 건물 지붕에 모습을 드러낸 화랑문 무인들을 보며 있지도 않은 수염을 쓰다듬었다.

"우째야."

서기원이 조완희에게로 다가왔다.

"크르르르."

"크르르!"

진체 혹은 반체의 호족들이 압도적인 숫자에 밀려 조완희와 서기원 곁으로 모여들었다.

"괜찮으니라. 이 녀석이 제법 괜찮은 능력을 가지고 있으니."

조완희는 자신의 가슴을 툭 쳤다.

"네 녀석의 힘 좀 빌려야겠구나."

그러면서 조완희는 어색하게 아공간 가방에 손을 넣었다.

뺴든 손에는 녹두가 한 주먹 가득 쥐여져 있었다.

투두두두두둑—

바닥에 뿌려진 녹두는 바닥을 파고들었다.

"이 관성제군이 녹두장군의 힘을 빌려 명하겠노라!"

조완희는 여러 장의 부적을 허공으로 던지며 신력을 터트렸다.

"일어나라, 용맹한 녹두의 병사들이여."

츠츠츠츠츳!

사방으로 흩날려진 부적들은 푸른 불로 변하며 땅으로 스며들었다.

그그그극—

땅거죽이 불룩불룩 들썩이더니.

콰득! 콰드득! 후드드드득!

땅거죽이 터지며 흙더미와 함께 푸른 갑옷을 입은 수십 명의 병사들이 우르르 모습을 드러냈다.

"크흐ㅇㅇㅇㅇ!"

"흐ㅇㅇㅇㅇ!"

"크흐ㅇㅇㅇ!"

두려움을 모르는 땅의 병사.

녹두병들이 조완희의 입을 빌린 관성제군의 목소리에 군세를 드러냈다.

그 숫자는 가히 전과 비교할 수 없을 정도로 거대하기 이를 데 없었다.

"푸히이이잉!"

특이한 것은 조완희가 불렀을 때 가장 먼저 모습을 드러낸 녹두장군은 없었다.

다만 그가 탔던 군마 한 마리만 땅을 뚫고 튀어나왔다.

조완희는 군마의 말고삐를 잡아당기며 그 위로 훌쩍 뛰어올랐다.

"전군, 방원진(防圓陣)!"

조완희의 명에 기백의 녹두병사들이 ㅇ자 형태로 빠르게 진을 만들었다.

"개진!"

조완희의 명에 팽배수가 방패를 들어 활을 방어하는 동시에 짧은 창을 화랑문 무인들을 향해 투창했다.

"좋구나!"

일사불란한 녹두병사들의 모습에 조완희는 흡족한 웃음을 터트리며 언월도를 다시 들었다.

"겁쟁이들은 이곳에 있어라! 관성제군 납신다! 으하하하하!"

조완희는 서기원을 향해 말을 툭 던진 후 방원진을 뛰어넘어 화랑들이 있는 곳으로 달려나갔다.

"저게 드뎌 돌았어야. 뭐가 어쩌고 저쩌야! 내가 서 두령이여야."

서기원은 코에서 뜨거운 콧바람을 흥 내뱉으며 덩실덩실 춤사위를 펼치며 전장을 향해 뛰어갔고.

"크르르르. 크허어엉!"

『이게 진정 내가 원했던 전장이지.』

기다렸다는 듯이 호태성도 울음을 터트리며 전장으로 몸을 날렸다. 이어 호적 전사들도 하나둘씩 전장에 참여했다.

그리고 남은 둘.

뱀의 박현과 김월.

*　　　*　　　*

쐐애애애애액!

김월은 북두칠성에서 따온 칠성보법을 밟으며 박현을 공

격해 들어갔다.

"치이이이이—. 스슷!"

그를 피하는 박현은 마치 뼈가 없는 연체동물과 같았다. 기이하게 몸을 틀며 김월의 검을 피해 그의 하체로 기어들어 갔다.

쑤악!

김월은 중심을 낮게 잡으며 검을 아래에서 위로 그어 올렸다.

콱!

그의 검이 또다시 검은 조개껍데기에 막혔다.

"……!"

콰득!

검을 다시 물리는데 기이한 파음과 함께 이질적인 저항이 느껴졌다.

일촉즉발의 상황.

한순간도 상대에게서 눈을 떼서는 안 된다. 하지만 검에서 느껴지는 이해할 수 없는 저항감에 김월의 눈은 어쩔 수 없이 자신의 검으로 향했다.

"……!"

작지 않은 크기의 조개가 그의 검을 꽉 물고 있었다.

『어디를 보는 거지?』

김월이 검에 내력을 담아 비틀며 조개껍데기를 빼려는 순간 박현의 목소리가 그의 귀로 파고들었다.

'……!'

잠시 당황해 그에게서 눈을 뗀 것이 실수였다.

재빨리 시선을 박현에게로 되돌렸지만 그의 눈을 가득 채우고 있는 것은 거대한 주먹이었다.

콰앙—

어느새 백우로 변한 박현이 그의 얼굴에 주먹을 내리꽂았다.

"크억!"

김월은 얼굴에서 피를 튀기며 마치 물수제비처럼 대청마루를 지나 마당으로 튕겨져 나갔다. 하지만 그가 물수제비를 미처 다 뜨기 전에 굵은 뱀 꼬리가 날아가는 그의 허리를 감쌌다.

그리고는 다시 그를 대청마루로 잡아당겼다.

박현에게로 끌려가는 김월은 그 순간 눈빛이 날카로워졌다. 그리고 박현과 가까워졌을 때 김월은 벼락처럼 검을 내질렀다.

쐐애애액—

"……!"

김월의 눈동자가 잠시 커졌다가 일그러졌다.

파르르르—

검봉이 파르르 떨렸다.

박현의 심장 바로 앞에서.

파장창—

박현이 피식 웃음을 터트리며 검면을 후려치자 검은 그 힘을 이기지 못하고 반 토막으로 부서졌다.

"츠으으으—."

그런 후 박현은 김월의 몸을 당겨 그의 목을 움켜잡았다.

"끄으."

박현의 손톱이 길게 자라며 김월의 목 살갗을 파고들었다.

『그거 아는가?』

박현의 입술이 비릿하게 말려 올라갔다.

『뱀에게는 코끼리도 죽일 독이 있다는 것을.』

"꺼어어—."

김월의 얼굴이 서서히 검게 변해 갔다.

『마지막으로 다시 한 번만 묻지. 복종과 죽음, 무얼 선택할 것인가?』

"주, 죽여……."

김월의 의지는 꺾이지 않은 듯 보였다.

『귀찮지만, 그대의 선택이 그리하다면.』

박현의 얼굴에는 일말의 아쉬움도 없었다.

푹!

살과 뼈가 부러지는 소리가 김월의 귀에 파고들었다.

"끄윽! 푸, 풍월주……."

고통에 죽음을 맞이한 이는 매화랑 최희근이었다.

김월을 도우러 왔다가 박현의 뱀 꼬리에 몸이 관통당한 채 그 자리에서 절명하고 말았다.

그가 끝이 아니었다.

박현에게서 검은 화살같은 무엇이 사방으로 튀어나갔고, 그 화살을 맞은 이는 하나같이 그 자리에서 풀썩 쓰러졌다.

화살처럼 보인 것은 바로 독, 뱀의 독이었다.

마치 역병이라도 돈 것처럼 화랑문 문도들은 손 한 번 쓰지 못하고 푹푹 쓰러져 갔다.

"왜, 왜?"

『왜? 왜라니?』

박현은 김월의 의문에 오히려 고개를 갸웃거리며 반문했다.

"왜……."

『아—. 이 녀석?』

박현은 죽은 매화랑을 꼬리에 매단 채 김월의 앞으로 가져왔다.

『죽여 달라 하지 않았나?』

"……."

김월의 눈동자가 흔들렸다.

『뭐야. 설마 너 하나로 끝난다고 생각했던 건가?』

"……."

『순진하군.』

박현은 김월을 자신의 곁으로 잡아당겼다.

『본인은 화랑문 자체를 세상에서 지울 거다. 그대 때문에.』

"치이이이이이—."

박현의 미소가 진하게 변했다.

김월의 눈동자는 그 미소에 더욱 요동쳤다.

"……나 하나로 안 되겠나?"

『본인은 근원의 싹을 놔둘 정도로 어리석지 않아.』

"……."

김월의 눈동자에서 힘이 풀렸다.

의지가 꺾인 것이다.

'이래서 좋아. 정의로운 이들은.'

그런 감정을 읽어낸 박현은 머뭇거림 없이 호효상을 불렀다.

『예, 주군.』

『살아있는 것들은 모조리 죽여. 무예를 익혔든 익히지 않았든…… 또한!』

박현은 김월의 눈을 바라보며 명을 내렸다.

『화랑문의 이름을 어깨에 걸친 이들은 모조리.』

『예, 주군.』

호효상이 몸을 돌릴 때였다.

『자, 잠깐! 쿨럭!』

김월은 검은 핏물을 토하면서 다급히 박현을 불렀다.

"사, 살려다오."

『…….』

박현은 가타부타 대답 없이 김월을 쳐다보았다.

"나의 목을 가져가고, ……본도들을 살려다오, 쿨럭!"

"아니 됩니다!"

피칠을 한 백화랑이 대청마루로 뛰어 올라오며 소리쳤다. 그 역시 독에 중독된 듯 입에서 검은 피가 튀어나왔다.

김월은 독에 중독되어 흑빛을 띤 백화랑과 그 뒤에 쓰러진 화랑문도와 겨우 독에 저항하는 화랑문도들을 보며 애써 흔들리는 눈동자를 겨우 잡았다.

"화랑문은 그대에게 충성하겠다. 그리해 주겠는가?"

그렇게 백화랑의 시선을 뿌리쳤다.

"푸, 풍월주!"

백화랑이 발악하듯 소리쳤다.

"그리해 주게. 이대로 멸문할 수는 없지 않은가!"

"이길 수 있습니다."

백화랑의 말에 김월은 고개를 저었다.

"당장은 이길 수 있겠지. 하지만……, 결국 화랑문은 무너질 거야."

김월은 백화랑을 보며 쓸쓸한 웃음을 짓고는 박현을 다시 쳐다보았다.

"그리해 주게."

김월은 박현을 보며 고개를 아래로 툭 떨어뜨렸다.

『김월.』

의지가 상실하며 독 기운이 빠르게 그의 몸을 잠식한 것인지 김월의 눈동자는 눈에 띄게 흐릿해져 있었다.

『그대의 목숨과 화랑문은 하나다.』

"크크, 하하하."

그 말에 김월은 자조적인 웃음을 터트렸다.

자신이 굴복해야 화랑문 문도가 산다.

"……그대는 무섭군. 쿨럭."

『본인이 약속하지. 본인과 함께 살아난다면 화랑문의 기둥은 다시 천년을 버틸 굵은 기둥으로 바뀌어 있을 것이다.』

박현은 이미 의지가 꺾인 김월에게서 시선을 떼고, 여전히 항전의 의지를 드러내는 백화랑을 쳐다보며 말했다.

화랑문이 꺾였다.

그 사실에 백화랑은 분노했다.

그럼에도 아무것도 할 수 없는 자신의 모습에 그저 몸을 바르르 떨 뿐이었다.

쏴아아아—

박현은 김월의 몸에 스며든 독을 다시 거두며 그의 몸을 풀어주었다.

독의 휴유증 때문인지 김월은 바로 서지 못하고 바닥에 주저앉았다.

"그 말 지켜라. 아니면……."

김월은 힘겹게 박현을 바라보는 눈에 마지막 독기를 담았다.

『그게 본인에게 복종하는 자세인가?』

박현의 말에 김월은 부들부들 떨리는 몸으로 그의 앞에 무릎을 꿇었다.

쿵!

김월은 머리를 바닥에 찧었다.

*용어

1) 신라화랑검법호신검: 신라화랑검법호신검(新羅花郎劍法護身劍), 총30단으로 이뤄진 검법. 그 중 12단은 세상에 공개해도 무방하다 한다. 택백산 정암사 황생스님을 통해 김용운 스님으로 전수되었다. 허나 검술의 구조와 용어를 보아 근대에 창작이 된 거라 여겨진다. (출처 - 독행도, 한병철·한병기 공저, 학민사) 이를 바탕으로 재창작하였다.

2) 신검주(神劍呪): 김유신 장군이 수련 시 외웠다는 주문수도. (출처 - 독행도, 한병철·한병기 공저, 학민사) 이를 바탕으로 재창작하였다.

3) 복희: 중국 신화의 남신. 복희(또는 포희)는 여와와 남매이자 부부이며 인류를 창조한 신으로 묘사한다. 둘은 인간의 상반신에 허리 아래로는 뱀의 형상을 가지고 있다.

4) 금관가야(金官伽倻): 김유신은 금관가야의 시조 수로왕의 12대손이며, 금관가야 마지막 왕인 구해왕의 증손이다.

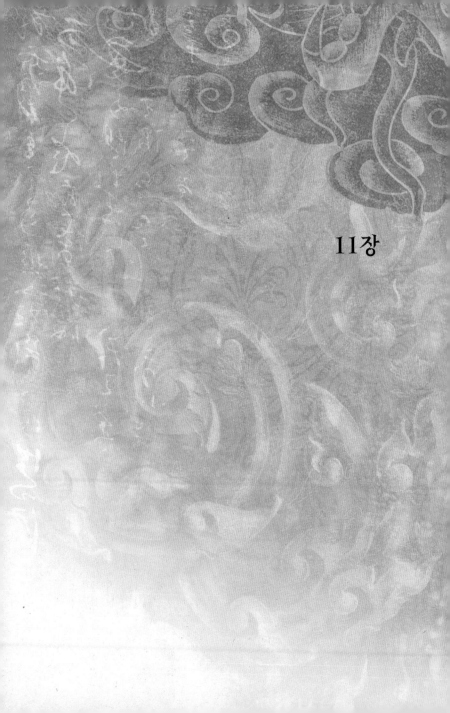

11장

"으으으으."

김월은 신음을 흘리며 눈을 떴다.

"괜찮으십니까?"

걱정이 가득한 목소리에 고개를 살짝 돌려보니 백화랑이었다. 그도 성한 곳이 없었던 듯 몸 곳곳에 핏물이 맺힌 붕대를 칭칭 감고 있었다. 그럼에도 자신 곁에서 간병을 자처한 모양이었다.

"백화랑."

김월은 자리에서 일어나다가 독 기운이 완전히 가시지 않은 듯 머리를 짚으며 휘청였다.

"풍월주."

백화랑이 화들짝 놀라 그를 부축하며 자리에 다시 눕히려 했다.

"괜찮습니다."

김월은 몸을 일으켜 벽에 몸을 기대고 앉았다.

"……백화랑."

오랜 시간 쓰러져 있었는지 목소리는 갈라졌다.

"목부터 축이시지요."

백화랑은 그런 그에게 물을 가져다주었다.

김월은 그가 건넨 물 잔을 바라보며 쓰게 웃었다.

"미안하오."

김월은 물 잔을 바라보며 힘겹게 입을 열었다.

"아닙니다, 풍월주. 이럴 때일수록 힘을 내셔야 합니다."

백화랑은 물 잔을 잡아 그의 입으로 가져다주었다.

그의 행동에 김월은 마지못해 한 모금 마셔 목을 축였다.

"문도들은 어떻습니까? 많은 이들이 죽었지요?"

박현에게 죽은 매화랑, 그리고 그의 독에 쓰러져간 문도들, 호족에게 목이 뜯겨 나간 문도들…….

분노와 슬픔이 그의 가슴을 갈기갈기 찢었다.

김월의 질문에 백화랑은 씁쓸한 웃음을 지었다.

"……몇이나 죽었습니까?"

김월이 걱정 가득한 목소리로 물었다.

그 물음에 백화랑은 고개를 저었다.

"죽은 이는 없습니다."

"네?"

김월은 놀란 듯 쉰 목소리를 냈다.

"분명……."

자신의 눈앞에서 매화랑이 죽었다.

"매화랑도 살아 있습니다."

"……!"

김월은 힘없이 떨구고 있던 고개를 번쩍 들어 백화랑을 쳐다보았다.

"사, 살아있다니요? 분명 희근이는 내 눈 앞에서……."

"어, 어떻게……."

이해할 수 없었다.

다른 이들은 멀리 떨어져 있어서 정확하게 알 수 없었지만 매화랑은 분명 자신의 눈앞에서 배를 관통당하고 죽었다.

"조 박수가 살려냈습니다."

"조 박수 말입니까?"

"어떻게 살려낸 것인지는 저도 모르겠습니다. 명부 대별왕을 모시는 박수무당이니…… 감춰둔 비술이 있는 모양입니다. 어쨌든 중상자는 제법 있어도 죽은 문도는 없습니다.

매화랑도 오랜 시간 병상을 지켜야겠지만…… 목숨에 지장
도 없습니다."

백화랑의 이어진 설명에 김월은 고개를 젖혀 천장을 올
려다보았다.

"하하, 하하하하."

허탈한 웃음을 터트렸다.

"완벽하게 졌군요."

"예. 완벽하게 졌습니다."

백화랑의 얼굴에도 씁쓸함이 드러났다.

"어찌하실 생각이십니까?"

백화랑이 물었다.

"어찌하면 좋겠습니까?"

김월은 그가 던진 질문을 다시 되돌려주었다.

"그는 누구입니까?"

백화랑의 질문에 김월은 그를 쳐다보았다.

"안 그래도 말이 많습니다. 그는 어떤 신입니까?"

"……."

"왜 풍월주께서 그리 쉽게 마음을 꺾었는지도 궁금합니
다. 그의 정체가 무엇이기에……."

백화랑에게는 박현의 모든 것이 의문이었다.

호랑이, 소, 그리고 뱀, 거기에 기이한 검은 조개껍데기

까지.

"그는……."

김월은 백화랑을 직시하며 천천히 입을 뗐다.

"용입니다. 완벽하게 탈피하지 못한……."

그 말에 백화랑의 눈이 화등잔처럼 부릅떠졌다.

"백룡, 그게 그의 진신입니다."

"허어—, 허어—."

백화랑은 연신 헛웃음을 삼켜야 했다.

하지만 백화랑은 무엇을 떠올렸는지 그 헛웃음도 그리 오래가지 못했다. 그의 표정은 순식간에 심각하게 바뀌었다.

"천년의 기둥……, 그 뜻이었군요."

박현은 김월과 자신에게 천년을 다시 세울 기둥을 주겠다고 했다. 그냥 복종을 위해 한 소리인 줄 알았는데…….

아니었다.

그는 화랑문에게 천년을 다시 버틸 기둥을 줄 수 있다.

문제는 화랑문이 그와 함께 버텨냈을 때의 이야기였다.

이 땅의 지배자.

봉황.

천외천.

그를 넘어섰을 때의 이야기다.

"흠."

심각한 신음이 백화랑의 입에서 흘러나왔다. 피가 넘칠 가시밭길이 그의 머릿속에 가득 찼기 때문이었다.

"함께 가려 했던 길이기는 했습니다."

백화랑은 고개를 들어 김월을 쳐다보았다.

"처제가 그의 무녀가 되었기에 장인께서 짝으로 맺어주려 했지요."

혈연, 그보다 좋은 것이 있을까.

"그렇군요."

백화랑은 묵묵히 김월의 말을 경청해 주었다.

"그때는 반신으로의 자각도 없었기에 장인어른과 저는 그를 품에 안으려고 했었지요. 좀 더 솔직해지자면 그를 이용해 좀 더 높은 곳으로 가려 했었습니다."

"……."

"그때 저는 살얼음판을 걷고 있었으니까요."

"그랬었군요."

"욕심이 과했던 모양입니다."

마치 고해성사를 마친 듯 김월의 입가에 쓴웃음이 지어졌다.

"늙은 신이 한 말씀 올려도 되겠습니까?"

조용히 김월의 말을 들은 백화랑이 조용히 입을 열었다.

"말씀하십시오."

"신은 풍월주께서 어떤 결정을 하든 따를 것입니다."

"······."

"어떤 결정을 하시든 두 가지만 기억하시면 됩니다."

"무엇인지요?"

"그 결정이 화랑문을 위한 것이었느냐."

그 말에 김월은 고개를 끄덕였다.

"저는 오로지 화랑문을 보며 살아가고 있습니다. 그건 변하지 않습니다."

"두 번째는 정신을 단단히 잡으셔야 합니다. 화랑문은 용담호혈(龍潭虎穴)에 발을 담갔습니다. 그런 화랑문의 중심은 풍월주이십니다."

"그리합지요."

"그만 쉬십시오. 신은 이만 나가보겠습니다."

백화랑은 김월이 장인어른인 한재규 회장과 통화를 할 수 있도록 눈치껏 자리를 비켰다. 그가 나가고 김월은 잠시 생각에 잠겼다가 전화기를 들었다.

＊　　＊　　＊

"뭣이라고?"

백택은 암행규찰 두령 암적의 보고에 저도 모르게 큰소

리를 내뱉으며 자리에서 벌떡 일어났다.

"그, 그게 참이더냐?"

평소 감정의 기복을 보이지 않던 백택이었지만 지금만은
아니었다.

"그렇습니다, 주군."

"하아―."

백택은 의자에 다시 털썩 주저앉았다.

"백호, 백우에 백사……. 이 녀석 진정 용인가?"

"그것 외에는 그의 존재가 설명되지 않았습니다."

백택은 멍하니 생각에 잠기다가 화들짝 정신을 차리며
암적을 쳐다보았다.

"암 두령."

백택의 목소리는 한없이 무겁기 그지없었다.

"예, 주군."

"이 사실을 아는 녀석은 누구지?"

백택의 눈은 시퍼렇게 변해 있었다.

"이 사실을 알아낸 직속 규찰 하나가 다입니다."

"너와 나, 그리고 규찰 하나?"

"그렇습니다."

백택의 말에 암적이 굳은 표정으로 대답했다.

"보고서는?"

"혹시나 해서 만들지 않았습니다. 오로지 구두로만 보고가 진행되었습니다."

"하아—, 다행이군. 다행이야."

백택은 땀으로 적셔진 손으로 마른세수를 하며 안도의 한숨을 내쉬었다.

"그 어떤 서류에도 흔적 남기지 마. 그리고 철저하게 함구시켜. 그만 나가봐."

백택은 골치 아픈 듯 관자놀이를 꾹꾹 누르며 손을 휘저었다.

"복명."

축객령에 암적의 몸은 다시 어둠이 되어 사라졌다.

"골치 아프군. 백호 자체만으로도 벅찬데……, 용이라니……. 이를 어쩐다."

백택은 양손으로 얼굴을 덮으며 더욱 깊은 고민에 빠져들었다. 그런 백택을 천장 대들보 위에서 은밀히 바라보는 붉은 눈동자가 있었으니.

'찌직— 찍— 찍—.'

쥐처럼 생긴 자그만 감서(甘鼠)[1]가 사라졌다.

*　　　*　　　*

"찌직— 찌지직!"

검은색에 가까운 쥐색을 가진 감서는 자신을 알아봐달라는 듯 울며 달려와 구미호의 무릎 위로 폴싹 뛰어올라 갔다. 그리고는 마치 학교에서 돌아온 아이가 엄마에게 조잘조잘대는 것처럼 연신 울음을 토해냈다.

감서의 머리를 귀엽게 쓰다듬어 주던 구미호의 얼굴이 일순간 굳어졌다.

구미호의 얼굴이 굳어지자 신나게 떠들던 감서의 몸이 움찔 굳어지더니 빠르게 울음을 마치고는 쏜살같이 사라졌다.

"강 장로."

구미호는 맞은편에 앉아서 쌍화차를 마시는 강철이를 쳐다보았다.

"이래서 백택의 주변에 감서를 심어두라고 했나요?"

"구 장로, 본좌가 쥐새끼 말을 알아듣는 것도 아니고, 앞뒤 다 자르고 말하면 내 어찌 알아듣나."

강철이는 쌍화차를 내려놓으며 능글맞은 웃음을 지어 보였다.

"강 장로. 제 이름은 고미호예요, 그러니 고 장로라고 불러요."

"구미호나 고미호나, 거기서 거기구만."

"강 장로."

오한이 느껴질 정도로 서늘한 기운과 함께 구미호, 고미호의 등 뒤에서 아홉 개의 꼬리가 나타났다.

"알았어, 알았다고. 뭔 성깔이······."

"다시 한번 그따위로 나불대면 주둥이를······."

"알았다고. 다시는 안 그럴게. 고! 장로님!"

강철이는 양손을 활짝 펴 가볍게 저으며 사과했다.

"흥!"

고미호는 코웃음을 쳤다.

"시답잖은 일로 시간을 낭비하지 마세나. 고 장로."

강철이가 얼렁뚱땅 다시 화제를 돌렸다.

그 말에 잊었던 감서의 밀어가 떠오르자 고미호의 얼굴이 다시 굳어졌다.

"강 장로."

"왜 그렇게 본좌를 자꾸 부르시나. 그래 감서가 뭐라고 하던가?"

고미호는 주변의 눈치를 살피더니 꼬리 하나를 다시 꺼내 도력을 높여 주변에 결계를 쳤다.

"결계를 쳐야 할 정도라······."

강철이의 표정도 진중하게 바뀌었다.

"뭔가? 감서가 엿들은 것이."

"박현이라는 자에 대해 궁금하다 했었지요?"

"그렇지. 이상하게 궁금하단 말이야. 백택이 그에 대해서는 이상하리만큼 봉황의 눈과 귀를 막는단 말이지."

결계가 쳐져 있어서인지 강철이는 봉황을 어디 굴러다니는 돌처럼 대수롭지 않게 불렀다.

"단순한 백호가 아니었던 모양이군. 천외천의 핏줄을 타고 난 것인가?"

봉황을 상대로 이죽거리던 강철이가 진지한 눈으로 고미호의 대답을 기다렸다.

"……."

고미호는 곧바로 대답하지 않았다.

"뭔데 그래? 본좌의 짐작이 틀린 건가?"

강철이는 눈살을 찌푸리며 물었다.

"……용."

"용?"

"그자의 정체가 백호가 아니라 백룡이라고 하더군요."

"뭐, 뭐야?"

강철이는 목청껏 소리를 지르며 자리에서 일어났다.

"진짜 쥐새끼가 그리 말했단 말이더냐?"

"그래요."

"그 녀석이 백호가 아니라 백룡이라고?"

"정확히 용은 아니고 잠룡인 듯싶어요. 이무기는 아니라고 하니."

강철이는 뭔가 생각에 잠기는가 싶더니.

"으하하하하하하!"

이윽고 대소를 터트렸다.

결계로 인해 소리가 밖으로 뻗어 나가지 못하니 소리가
더욱 크게 울렸기에 고미호는 인상을 찌푸렸다.

"이제 어쩔 건가요?"

고미호가 심각한 목소리로 물었다.

"뭘 어쩌기는."

강철이는 비릿한 웃음을 드러냈다.

"그 녀석 잘 이용해서 년놈의 목을 따봐야지. 년놈의 피
로 목욕을 하면 못 이룬 꿈을 이룰 수 있을 터이니."

강철이는 아직도 그 날의 원한을 잊지 못하고 있었다.

봉황의 계략에 넘어가 자신의 부활이 깨진 그 날.

어쩔 수 없이 용이 아닌 강철이가 되던 그 날을.

그 말에 고미호의 입가에도 서늘한 미소가 지어졌다.

"미리 말하지만 독차지는 안 돼요."

"하긴 너도 봉황에게 맺힌 게 많지."

"그렇지 않다면 당신과 함께할 리 없잖아요."

"암수이니 둘이 나눠 갖기에 충분하지."

"호호호호호!"

"크크크크크."

고미호와 강철이는 함께 웃음을 터트렸다.

"근시일 안에 그 녀석을 만나봐야겠군."

강철이의 눈이 번쩍였다.

"내게 맡겨요. 미랑이를 통하면 되니까."

"팔미호?"

"네."

"그렇군. 암행단 두령이면 확실히 봉황과 백택의 눈을 피할 수 있겠군. 좋아."

강철이는 흡족한 미소를 지었다.

＊　　＊　　＊

해태와 마주하고 있는 박현의 표정은 가히 좋지 않았다.

누르락푸르락.

해태의 눈에 박현이 애써 감정을 억누르는 것이 보였다.

"그게 참이랍니까?"

시간이 잠시 흘러 겨우 감정을 추스른 박현이 겨우 입을 뗐다.

『그렇구나.』

"어떻게……. 왜……."

할머니 안순자가 모습을 감췄단다. 무엇이 무서워 신분마저 감추고 머나먼 서양으로 갔단 말인가.

박현의 몸에서 검은 기운이 뭉실뭉실 피어났고, 대별왕이 숨을 죽여 놓은 악기마저 눈을 뜨려 했다.

해태는 그 기운에 눈을 부릅떴지만 애써 마음을 가라앉혔다. 그런 그의 눈에 심각함이 담길 때쯤이었다.

검은 기운은 거짓말처럼 사라졌다.

"할아버지."

『그래.』

"저는 그저 할머니의 복수를 위한 도구인 겁니까?"

박현은 분노를 넘어 슬픔을 내비쳤다.

'망할 년 같으니라고.'

해태는 애잔하게 그를 바라보았다.

"할아버지."

『그래.』

해태는 그의 이야기를 들어주는 것 외에는 해줄 것이 없었다.

"반드시 봉황을 죽여야겠습니다."

박현의 몸에서 가라앉았던 검은 기운이 다시 피어났다.

『……!』

악기?

아니다.

살기인가?

살기도 아니었다.

독기, 그래 박현의 몸에서 다시 뿜어져 나오는 검은 기운
은 독기였다.

그나마 다행이었다.

악기가 깨어나지 않아서.

"할머니께서 마음먹고 숨으면 세상 누구라도 찾을 수 없
을 거라 하셨죠."

『…….』

"봉황을 죽이면 할머니께서 저를 찾아오시겠죠?"

『……할머니를 위해서냐?』

자신을 버린 안순자이건만 이토록 할머니에 대한 정이
고팠나 싶었다.

그를 바라보는 해태에게서 안타까움이 내비쳐졌다.

"물어볼 겁니다. 나는 누구인지, 나는 정녕 그대의 손자
인지. 왜 나를 버렸는지."

『현아…….』

"봉황을 죽여야 할 이유가 하나 더 늘어났네요."

박현은 무미건조한 웃음을 지어 보였다.

'허어…….'

해태는 속으로 탄식을 터트렸다.

'어쩌자고 너는……'

박현의 무미건조한 웃음 속에 깊은 잠에서 깨어나 눈을 뜨는 포식자의 흉포함을 보았기 때문이었다.

'자꾸 이 아이의 흉포함을 깨우느냐.'

해태는 안순자를 떠올리며 무거운 마음을 느껴야 했다.

* * *

해태가 떠난 그날 밤.

박현은 홀로 묵묵히 술잔을 기울이고 있었다.

독주를 마셨지만 가슴은 여전히 답답했다.

"……"

박현은 양주병을 병째로 들어 입으로 가져가다 피식 웃음을 삼켰다.

술로 해결될 일이 아님을 알았기에 다시 술병을 내려놓으며 빈 잔을 채웠다. 그리고 술잔으로 손을 가져가던 박현의 눈썹이 순간 꿈틀거렸다.

하지만 언제 그랬냐는 듯 술잔을 입으로 가져갔다.

"나와."

투박한 말 한마디를 툭 던지고는 양주를 한 모금 마셨다.

"호호호호."

간드러지는 웃음과 함께 연하늘빛 원피스를 입은 여인이 어두운 그림자에서 모습을 드러냈다. 그녀의 등 뒤로는 여덟 개의 풍성한 하얀 꼬리가 나풀거리고 있었다.

암행단 두령 팔미호 미랑이었다.

박현은 무심하게 그녀를 쳐다보며 술잔을 다시 채웠다.

"봉황이 불렀나?"

"말이 험악하군요."

"그렇군. 봉황 님이 부르셨나?"

박현은 피식 실소를 머금으며 자신의 말을 정정했다.

"아니랍니다."

미랑은 박현 옆에 앉아 자연스럽게 가볍게 팔짱을 꼈다.

청초한 얼굴, 그러나 사내란 사내는 모조리 잡아먹었을 법한 색기가 그녀에게서 풀풀 흘러나오고 있었다.

"저도 한 잔 주세요."

미랑은 있는 듯 없는 듯 콧소리를 내며 간드러지게 빈 술잔을 들었다.

"그대는……."

박현은 듣기 좋은 중저음으로 미랑을 불렀다.

"아잉—. 그렇게 쳐다보시면 부끄러워요."

미랑은 가볍게 박현의 어깨를 툭 치며 고개를 살짝 숙여 부끄러움을 드러냈다.

애간장을 녹일 애교.

박현은 미랑의 뺨을 부드럽게 쓰다듬었다.

그 손길에.

'호호호, 너라고 안 넘어오나……'

미랑이 가려진 얼굴 안에서 요녀의 눈웃음을 지을 때였다.

콱!

그녀의 뺨을 지나간 박현의 손이 그녀의 목에 다다랐을 때였다.

"컥!"

미랑은 마치 목줄이 끊어질 듯한 고통에 눈을 부릅떴다.

"크르르르르!"

그녀는 목이 잡힌 채 그대로 허공으로 들어 올려졌고, 짐승의 울음과 함께 지독한 흉포함에 눈뜬 박현의 눈과 마주해야 했다.

"너는 지금 나에게 죽여 달라고 애원을 하는구나."

박현은 미랑을 더욱 높이 들어올렸다가 그녀를 바닥에 내려찍었다.

콰아아앙!

"꺄아악!"

충격에 미랑은 비명을 질렀지만.

"카르르르르."

동시에 모든 힘을 개방해 여덟 개의 꼬리를 드러냈다.

"크르르, 크하아앙!"

그녀의 힘을 느낀 박현도 지체 없이 진체, 백호를 드러냈다.

"꺄아아악!"

더욱 커지고 두꺼운 손으로 그녀의 목을 완벽히 에워 쥐는 동시에 칼날처럼 날카로운 손톱으로 그녀의 목을 파고들었다.

*　　*　　*

그 시각.

박현의 집에서 난리가 난 지도 모르고.

"룰루— 랄라—, 홍홍홍."

뭐가 그리 기분이 좋은지 조완희는 새하얀 한지를 서탁 위에 가지런히 펴고 묵을 갈고 있었다.

"뭐해야?"

서기원이 얼굴을 불쑥 내밀며 물었다.

"또 왔냐?"

"그래도 오가는 정이 있는데……, 퇴근길에 대별왕님께 인사하러 왔어야."

서기원은 대별왕 무속도를 보고는 해맑게 웃으며 허리를 꾸벅 숙였다.

"저 퇴근했어야."

대별왕에게 인사를 올린 서기원은 다시 조완희에게 물었다.

"뭐해야?"

"무속화 그리려고."

기분이 좋은 조완희는 서기원의 행동에 조금도 귀찮아하지 않고 받아주었다.

"무속화야?"

서기원은 고개를 돌려 신당을 쳐다보았다.

대별왕은 물론이요, 그 아래 명부시왕의 무속화도 깨끗했다.

"아직 괜찮아 보여야."

"비록 신단에는 못 올리지만 중한 분을 모셨다."

"음?"

서기원은 고개를 갸웃거리며 물었다.

"정확히는 대별왕께서 허락을 해주신 거지만."

그 말에 서기원의 눈매가 묘하게 일그러졌다.

"……모신 분이 누구여야?"

"한락궁이[2]님."

"한락궁이님?"

"서천꽃밭을 지키는 꽃감관이신 분이라고……, 있다 그런 분이."

서기원이 그 이름을 왜 모를까.

"혹시 말이어야."

"어, 말해."

"화랑문에서……."

화랑문과 싸움이 끝난 후 조완희는 병자들을 향해 부적을 뿌렸었다. 그러자 마치 환생한 화타의 손길을 받은 것처럼 부적을 접한 병자들은 눈에 띄게 치유가 되었던 것이었다.

그때 느꼈던 불길함이…….

"맞아. 너도 봤었지? 죽음도 살린다는 신비의 꽃, 뼈살이 꽃[3]과 살살이 꽃[4], 피살이 꽃[5]에 이어 크으, 죽인다! 혼살이 꽃[6]까지."

그 모든 게 대별왕의 은혜였다니.

배신감이 가슴을 찔렀다.

오가는 길에 빼놓지 않고 문안 인사를 올렸거늘.

좋아하는 술도, 메밀묵도 올리면서.

그런 서기원의 마음도 모르고 조완희는 추임새까지 넣으며 다시 입을 열었다.

"그뿐만이 아니야. 너는 상상도 못 할 수많은 꽃의 영험함을 부적에 담을 수 있게 된 게 다 대자대비하신 대별왕님과 그분의 치적 아래 꽃밭을 일구는 한락궁이님 덕분이 아니더냐!"

조완희는 좋아 죽겠는지 어깨가 덩실덩실 들썩였다. 그의 어깨가 덩실덩실할수록 서기원의 얼굴은 화그작화그작 일그러져갔다.

"이 씨!"

서기원은 고개를 홱 돌려 대별왕 무속도를 무섭게 째려봤다.

"이러는 게 어디 있어야!"

잠시 후.

둘은 나란히 벽을 바라보고 무릎을 꿇고 두 팔을 하늘로 번쩍 들고 있었다.

"그런데 저는 왜……."

조완희는 억울한 눈빛으로 대별왕 무속화를 바라보았다.

이상하리만큼 무속화 속 대별왕이 자신의 눈을 피하는 것만 같은 느낌이 드는 이유는 왜일까…….

*용어

1) 감서(甘鼠): 이익의 성호사설에 나오는 동물로 쥐와 비슷한 동물로, 새와 같은 살아있는 동물을 갉아먹는다 한다. 하지만 특별한 능력이 있어 살아있는 동물을 갉아먹지만, 먹히는 동물은 아픔을 느끼지 못한다고 한다. 또한 소와 같은 큰 짐승은 잡아먹지 않는다고 서술되어 있다.

2) 한락궁이: 저승, 동쪽 끝에 자리한 신비한 서천꽃밭을 관장하는 꽃감관이다.

3) 뼈살이 꽃: 죽은 사람의 몸에 뼈를 다시 붙게 한다는 꽃으로 뼈살이 꽃, 뼈오를 꽃 등 전해지는 꽃으로 전해지는 이름은 조금씩 차이가 있다. 이후 본문에서 다뤄지는 서천꽃밭의 꽃은 독자의 익숙함을 위해 '웹툰, 신과함께'에서 다룬 명칭을 중심으로 사용하였다.

4) 살살이 꽃: 살살이 꽃, 혹은 살오를 꽃. 새 살이 돋아나는 게 하는 꽃.

5) 피살이 꽃: 피살이 꽃, 혹은 피오를 꽃. 피를 다시 돌게 하는 꽃.

6) 혼살이 꽃: 살이 꽃, 혹은 도환생 꽃. 죽은 사람을 되살리는 꽃.

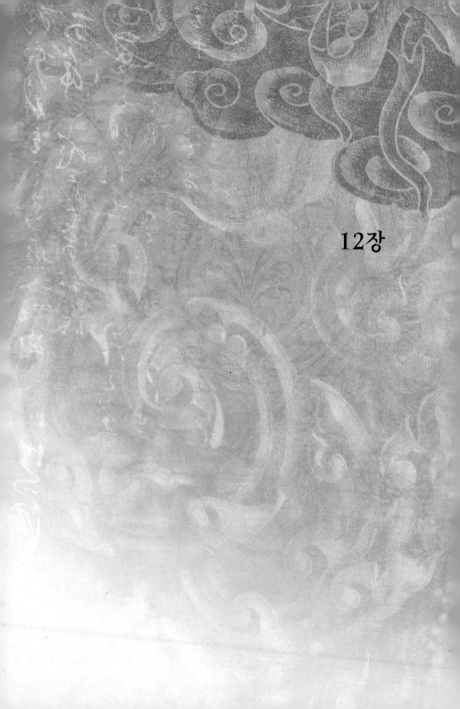

12장

"어랏?"

"음?"

신당에서 벌을 받던 서기원과 조완희는 누가 뭐라고 할 것도 없이 서로의 얼굴을 쳐다보았다.

"대별왕님, 벌은 이따 마저 받아야."

서기원은 그 자리에서 벌떡 일어나 도깨비 방망이를 꺼내고는 신당을 빠져나가 담장을 훌쩍 넘어 박현의 집으로 뛰어갔다.

'그나마 다행이로군.'

조완희는 혹시나 싶어 봉황 및 다른 이들의 이목을 피하기 위해 별왕당과 박현의 집을 묶어 대결계를 쳐 놓았다.
결계 안에서는 엄청난 기운이 휘몰아치고 있었지만 그 기
운이 외부로 새어나가지는 않고 있었다.

　조완희는 안도의 한숨을 내쉬며 서기원을 따라 담장을
훌쩍 넘었다.

　　　　　　＊　　　＊　　　＊

　"크르르르르!"

　진체, 백호로 변한 박현은 팔미호 미랑의 눈앞으로 얼굴
을 가져가며 날카로운 이빨을 드러냈다.

　"히익!"

　미랑의 눈빛이 시퍼렇게 변했다.

　그녀는 봉황회 암행단 두령이었다.

　또한 구미호가 되지 못한 팔미호라 우습게 보일 인물도
아니었다. 단지 마지막 벽을 뚫지 못해 구미호가 되지 못했
을 뿐, 팔미호면 신수 중 신수, 일좌를 차지해도 이상하지
않을 정도다.

　"키르르르르."

　미랑은 여덟 개의 꼬리를 마치 창처럼 뾰족하게 만들어
박현의 옆구리와 등, 어깨를 찍었다.

카가가강!

박현의 등을 비롯한 몸 곳곳에서 불꽃이 튀었다.

'불꽃?'

불꽃이라니, 아무리 생각해도 불꽃이 튈 부분은 없었다.

차라리 기파가 터지고 울리면 몰라도.

"……!"

이내 미랑은 박현의 몸 주위를 맴도는 자그만 검은 원반을 보았다. 아니, 원반이라고 하기에는 완벽한 원이 아닌 부채꼴에 가까운 원이라고 해야 할까?

아니, 지금 중요한 것은 그게 아니었다.

요상한 검은빛을 띠는 물체가 그의 몸을 보호했다는 것이었다.

스하아아아아—

미랑의 몸에서 푸르스름한 기운이 새어 나왔다.

동시에 미랑은 손가락을 꼼지락거리며 수인을 맺기 시작했다.

도술을 위한 수인, 기의 파동을 느끼지 못할 박현이 아니었다.

더욱이 신경이 가장 날카롭게 선 백호였기에 더더욱.

『재미난 장난을 꾸미려 하는군.』

"끄윽!"

박현은 그녀의 목을 더욱 억세게 틀어쥐며 머리 위로 들어 올렸다가 다시 바닥으로 힘껏 내려찍었다.

콰아앙— 쩌저저적!

그 충격에 마룻바닥의 대리석이 깨지는 것으로도 모자라 바닥을 단단히 다진 시멘트마저 부서지며 미랑의 몸이 반쯤 바닥에 파묻혔다.

펑—

미랑의 몸이 바닥에 처박히자 하얀 연기가 피어나며 그녀의 모습이 사라졌다.

바닥을 뚫고 파묻힌 건 짚으로 만들어진 허수아비였다.

자세한 건 모르지만 아마도 환각술에 둔갑술이리라.

"크르."

박현은 옅은 웃음을 삼키며 혀로 입술을 살짝 적셨다.

'재밌군.'

이건 아마 이런 감정은 또 다른 나의 영향이리라.

이러한 감정이 싫지 않았다.

그 역시 또 다른 나이니.

순간 푸른빛을 띠던 박현의 눈동자가 흑백으로 물들며 태극을 그리기 시작했다.

내가 보지 못한다면, 또 다른 내가 보면 된다.

또 다른 내가 보지 못하면 다시 내가 보면 되는 것이고.

스슷—

미세한 기척이 그의 오감을 건드렸다.

팟—

박현은 미세한 소리만 남기며 그 자리에서 사라졌다.

축지.

그는 반에 반도 안 되는 호흡에 여덟 개의 꼬리를 모두 펼친 미랑 앞에 섰다.

"여인이 한을 품으면 어찌되는지 아시는지요?"

미랑은 허공에 30cm가량 떠서 박현을 향해 독기를 내뿜었다.

『알아.』

박현은 미랑을 보며 갑작스럽게 자신의 뒤로 손을 뻗었다.

"꺽!"

박현은 자신의 앞에서 지독한 독기를 내뿜는 그녀를 외면하고 고개를 돌렸다.

아니 미랑에게 이면에서 금기라 하는 등을 내보이면서 몸까지 돌렸다.

"끄으으으—."

박현의 뒤에는 그의 손에 얼굴을 잡힌 또 다른 미랑이 있었다.

나는 못 봤지만, 또 다른 내가 봤다.

허공에서 독기를 내뿜는 건 미랑이 아닌 그녀의 모습으로 둔갑한 허수아비라는 것을.

박현은 그녀를 좀 더 당겨 흑백 태극의 눈으로 그녀를 살폈다.

허신이 아닌 진신이었다.

『그래서 뭐?』

박현의 손톱이 그녀의 아름다운 얼굴로 파고들었다.

"꿀꺽!"

얼굴을 파고드는 고통에도 미랑은 신음조차 내지르지 못하고 마른침을 꿀떡 삼켰다.

그건 공포 때문이었다.

본명 천급이라고 했는데…….

천급이면 이기지 못해도 적어도 지지 않을 자신이 있었는데.

아니, 그건 둘째치고.

자신을 바라보는 저 눈빛.

잊혀진 기억이 다시 떠올랐다.

수백 년 전, 신수로 눈을 뜨기 전.

자신을 먹잇감으로 여기며 입맛을 다시던 맹수들, 그 맹수들의 눈빛이었다.

'하지만 나도 예전의 내가 아니야.'

미랑의 눈에 공포가 차츰 옅어지고 다시 그녀의 특유의 독기가 피어올랐다.

"한여름에도 서리가 내리지요."

『하지 않는 게 좋을 거다. 진심으로 죽고 싶지 않다면.』

차가운 목소리에 미랑의 눈동자가 잠시 흔들리는가 싶었지만.

"흥!"

미랑은 코웃음을 지으며 양장을 펼쳐 박현의 가슴을 후려쳤다.

팡!

상당히 묵직한 신력이 박현의 가슴으로 파고들었다.

박현은 그 충격에 뒤로 두어 걸음 물러났다.

그 순간 미랑의 눈에 신광이 번쩍였다.

둔갑술.

하지만 박현 또한 그때를 놓치지 않았다.

박현은 그녀의 머리를 놓아주며 진체를 백호에서 백우로 바꿨다.

봉황회의 손과 발이자 눈인 암행단에 백우의 모습을 드러냈다는 것은 완전히 그녀를 죽여 입을 닫게 만들겠다는 의지였다.

미랑이 박현의 눈을 현혹하며 둔갑술을 펼치는 순간, 백우가 된 박현이 그녀의 얼굴을 엄청난 거력이 담긴 주먹으로 후려쳤다.

퍼어억!

도저히 주먹으로 만들어졌으리라는 상상조차 할 수 없는 타격음과 함께 미랑의 몸에서 또 다른 미랑이 튕겨져 날아갔다.

허수하비 하나가 바닥으로 툭 떨어지는 동시에 미랑은 거실 유리창을 부수며 마당으로 날아갔다.

박현이 축지로 그녀를 따라잡아 주먹을 다시 휘두르려는 그때였다.

"웃차!"

그녀를 받아든 이가 있었으니 서기원이었다.

"뭔 일이 있어 날개도 없는 네가 이렇게 날아다녀야."

"……서 두령?"

"어라, 코피여야?"

쿠아아아아악!

둘의 대화 속에 서기원, 정확히는 미랑을 향해 날아드는 파공성이 서기원의 귀를 파고들었다.

서기원은 고개를 들었다.

큼지막한 주먹이 자신의 얼굴로 날아들고 있었다.

"음마야!"

서기원은 저도 모르게 미랑을 주먹을 향해 던지며 뒤로 물러났다.

콰아앙!

"꺄아아악!"

그 일격에 미랑은 담벼락에 날아가 처박혔다.

"허억!"

서기원은 깜짝 놀라 다시 허겁지겁 미랑에게로 달려갔다.

죽은 듯 쓰러져 있는 미랑 앞에 선 서기원은 이러지도 저러지도 못하다가 옆에 굴러다니는 나뭇가지를 하나 집어 그녀의 옆구리를 살짝 찔러봤다.

파르르르.

"하아ㅡ, 다행이여야. 안 죽었어야."

서기원이 안도의 한숨을 내쉴 때 그의 귀를 파고드는 속삭임이 있었으니.

"니미럴 새끼."

땅바닥에 얼굴을 파묻고 있는 미랑의 한 서린 목소리였다. 왠지 어깨에 차가운 서리가 내려앉는 느낌이 이럴까.

"하하, 하하하하하."

서기원은 어색한 웃음을 지으며 쪼그려 앉은 채 누가 봐도 요상한 발놀림으로 뒷걸음 쳤다.

"그러니까, 봉황이 아닌 강철인가 뭔가 하는 장로가 본
인을 만나보고 싶어 한다고?"

"예."

박현의 물음에 미랑은 조용히 눈치를 살피며 대답했다.

"왜지?"

박현이 물었다.

"근데 강 장로께서 부른 거 맞아야?"

서기원.

"미랑이 네가 왜 강 장로님의 명령을 받아야."

"그래, 고 장로님의 명이기도 하다. 됐냐?"

미랑은 서기원의 말에 버럭 화를 터트렸다.

"그리고 너 조금 전 진짜……, 이걸 확……."

"시끄럽다."

박현이 조용히 말하자, 미랑은 언제 서기원을 향해 쌍심
지를 켰냐는 듯 움찔 어깨를 움츠렸다.

"히히."

서기원은 고소하다는 듯 박현 옆으로 쪼르르 달려가 배
를 쭉 내밀며 앉았다.

'저걸 진짜 죽…….'

미랑이 그런 서기원을 향해 박현 몰래 눈을 부라렸다.

"눈도 깔자."

박현이 말하자.

"네."

미랑은 눈도 아래로 깔았다.

"들어보니 너 위에 구미호? 맞나?"

"맞아야. 고미호라고 구미호 장로가 있어야."

"그런데 강철이 장로가 불렀으면……, 둘이 뭔가 한통속이라는 소리고. 그런데 그 둘이 왜 본인을 만나보고 싶어하지?"

박현은 서기원을 통해 대략적인 상황을 판단한 후 물었다.

"그게……."

미랑은 박현 옆에 바투 앉아 있는 서기원과 어느 정도 떨어진 곳에 앉아 있는 조완희를 힐끔 쳐다보며 머뭇거렸다.

"말해."

박현이 다시 대답을 종용했다.

"요, 용이심을 축하하시고……, 어서 빨리 탈피를 바라시며……."

미랑의 말이 이어질수록 박현에게서 짙은 살기가 흘러나왔다. 그 살기는 미랑의 목을 다시 옥죄기 시작했다.

"근시일 봉황의 눈을 피해 만나 뵙고 싶다고 하셨습니다."

미랑은 빠르게 강철이와 고미호의 전언을 전했다.

"본인이 용임을 알았다. 그런데도 본인에게 무례를 저질렀다."

박현은 고개를 갸웃거렸다.

"왜지?"

박현은 미랑에게 고개를 가져가며 물었다.

"그, 그건……."

"야가 원래 나쁜 애는 아닌 데야……, 본능적으로 남자를 꾀려고 그러는 게 있어야. 왜 그런 거 있잖아야. 여우가 남자 하나 물어서 간 쓸개 이런 거 막 뽑아먹는 거. 본능이여야, 본능."

"사, 사람 지, 진짜 가, 간, 간을 머, 먹지는……."

당황한 미랑이 재빨리 변명을 내뱉으려고 했지만.

"에이, 오해하지 마야. 진짜로 먹고 그러는 거는 아니어야. 말이 그렇다는 거야. 네가 못 봐서 그러는데 그냥 아주 빨대여야, 빨대. 얼마나 쪽쪽 잘 뽑아먹는지."

"꽃뱀이군."

"그래도 야가 사람한테 해코지도 안 하고 참 착해야. 심성도 곱고."

서기원은 고개를 끄덕이고는 미랑의 어깨를 가볍게 두들기며 미랑이 나쁜 애는 아니라고 설명해 주며 뿌듯한 표정을 지었다.

동시에 미랑의 얼굴이 화그작 일그러졌다.

*　　　*　　　*

"나무관세음보살!"

당래불은 경건하게 합장을 했다.

딱!

이승환은 그런 당래불의 매끈한 뒤통수를 차지게 한 대 때렸다.

"땡중아, 무슨 스님이 삼겹살과 소주 앞에 합장을 하고 지랄이냐?"

"이 모든 게 부처님의 은덕이 아니겠는가?"

"그 은덕을 왜 삼겹살집에서 찾냐고!"

이승환은 주변에서 쏟아지는 시선에 얼굴을 붉히며 망치 박을 노려보았다. 망치 박은 야무지게 쌈을 싼 후 소주 잔을 입에 털어 넣고는 입 안 가득 쌈을 밀어 넣고 있었다.

"너는 이 와중에도 아주 잘 처먹는구나."

이승환은 한숨을 푹 내쉬었다.

"너희는 좀 평범하게 살면 안 되겠냐?"

이승환은 더 쉴 한숨도 없는지 술잔을 들었다.

빠직—

이 와중에 술잔을 들어 테이블 너머 아가씨들에게 윙크를 날리며 건배를 하는 당래불의 모습에 이승환의 이마에 핏줄이 튀어 올랐다.

"이씨. 내가 너희들 때문에 입에서 욕이 밴다 배어. 니미럴."

이승환은 신경질적으로 술잔을 털어 넣었다.

"그나저나 왜 모이자고 했냐?"

"삼겹살 먹을라고."

망치 박.

"그럼 땡중은 빼고 오든가."

"나 말고."

망치 박은 신중하게 쌈을 싸며 건성으로 말했다.

"……?"

"불알이 삼겹살 먹고 싶다고 해서."

"야!"

이승환은 소리를 버럭 질렀다.

"중이 삼겹살 먹고 싶다고 낼름 자리를 잡냐! 어?"

이승환은 답답한지 가슴을 팍팍 쳤다.

"역시 나는 잘못 태어났어. 저 따뜻한 동남아에서 태어나 부처님께 귀의를 했어야 했는데."

"그건 또 무슨 개소리래."

"그쪽 소승불교 스님들은 고기를 먹거든. 아—, 정말 나는 왜 한국에서 태어났을까."

"지랄한다. 지금 삼겹살을 하나도 아니고 세 점을 집으며 할 소리냐."

이승환은 참다참다 못해 그가 앉아 있는 의자를 발로 차 버렸다.

와당탕탕탕—

의자가 바닥을 나뒹굴었지만 당래불은 여전히 의자에 앉은 것처럼 편안한 얼굴로 세 점의 삼겹살을 기름장에 찍어 입으로 가져갔다.

물론 소주로 입가심을 하는 건 당연한 일이었고.

"야—, 너 마보(馬步) 좀 늘었다."

"마보는 무술의 기본 중 기본이 아니겠나. 나무관세음보살."

둘은 눈을 마주치며 누가 먼저라고 할 것도 없이 씩 웃었다.

"어이쿠, 술잔이 비었군."

"어허, 곡주잔이라네. 친구."

"그래그래, 자— 곡주 한 잔 쭉 드시게."

망치 박은 당래불의 술잔에 소주를 찰랑찰랑거릴 정도로 따라줬다.

"아이구, 아까워라."

당래불은 아슬아슬하게 넘치는 소주로 재빨리 입을 가져가 쭉 빨아마셨다.

"하아—."

이승환은 지친 듯 한숨을 내쉬며 입을 열었다.

"그나저나 왜 불렀냐."

"그게 말이다."

당래불.

"어."

"우리 완희 형님네 놀러 갈래?"

당래불의 말에 이승환의 얼굴이 살짝 굳어졌다.

"정확하게 말해. 완희 형님이냐 박현 형님이냐."

"알면서……, 나무관세음보살."

"지금 분위기 안 좋은 거 모르냐?"

검계는 박현에게 굴욕이라면 굴욕을 당했다.

하지만 마땅히 나설 명분을 찾지 못해 참고 있을 뿐.

그리고 신비선녀가 지극히 사과를 했기에 일단 참고 넘어갈 뿐이었다.

"우리가 언제 그런 거 눈치 보고 살았다고."

망치 박.

"그런데 갑자기 왜?"

이승환은 미간을 좁히며 물었다.

"박현 형님, 정신 차렸단다. 자세한 건 말씀을 안 하시는데……, 촉이 있잖아. 내 촉이 어디 그냥 촉이냐? 조만간 판 한번 크게 벌릴 게 뻔해."

"그래서?"

"뭐가 그래서야? 춤판 벌어지면 우리도 신나게 놀아야지."

"……미친 새끼들."

"야, 솔직히 너도 몸 근질근질거리잖아. 무예를 닦으면 뭐하나? 써먹을 일도 그다지 없고. 요즘 우리 쌍망치가 운다, 못이나 박는다고."

망치 박은 허리춤에 멘 망치를 쓰다듬으며 말했다.

"솔직히 너도 그날 가슴 두근거리지 않았냐?"

망치 박이 은근히 눈매를 가늘게 만들었다.

"그날, 너희 가주님도 당했고, 우리 회장님도 당했다. 그날 내 머리에 피가 거꾸로 솟구쳤어. 그리고 너, 불알. 너는 같은 분파는 아니더라도 불무도 스님들도 당했어. 그런데도 그와 어울리고 싶냐?"

이승환은 아직 그날의 감정이 희석이 되지 않아 보였다.

"알았어. 알았어. 네 고집을 누가 말리랴."

짠—

세 개의 잔이 고소하게 익는 불판 위에서 부딪혔다.

그리고 잠시 후.

쿵!

이승환의 머리가 탁자로 툭 떨어졌다.

"흐흐흐흐."

망치 박은 하얀 가루 흔적이 남은 자그만 빈 봉지를 흔들며 짓궂은 웃음을 터트렸다.

"우리가 가는데 어딜 빠지려고."

"나무관세음보살."

당래불은 불호를 읊으며 이승환을 어깨에 걸쳐 멨다.

* * *

저게 칭찬하는 건지, 엿 먹으라고 하는 건지.

거기에 저 뿌듯한 얼굴이란.

"미친—."

옆에서 지켜보던 조완희는 고개를 절레절레 저었다.

어찌 되었든.

"구미호와 강철이가 본인을 따로 보자고 한다."

"그, 그렇습니다."

박현은 고개를 돌려 서기원을 쳐다보았다.

"그 둘과 봉황 사이에 반목이 있나?"

"잘 몰라야."

"어디든 반목이 없을 수는 없지. 더더욱 봉황의 성정을
보면 봉황회 내에서도 반감을 가진 이가 없진 않을 듯싶
다."

조완희.

"그래?"

"봉황이 지존좌(至尊座)에 앉아 있기는 하지만 그렇다고
절대적이지는 않아. 구미호가 장로이고, 조금 격이 떨어지
기는 해도 강철이나 불가사리(不可殺이)[1], 삼두일족응(三頭
一足鷹)[2] 등 몇몇 장로들의 힘도 무시하지 못해. 아마 이들
두셋이 힘을 합치면 봉황을 충분히 밀어낼 수 있지 않을까
싶다."

조완희는 미랑을 쳐다보며 자신의 말이 맞는지 눈으로
물었다.

"트, 틀린 말은 아니야……, 예요."

미랑은 평소처럼 대답하다가 박현의 눈치를 보며 슬그머
니 말을 다시 높였다.

"왕좌에 도전하는 이들이로군."

"그렇기도 하고, 아니기도 하고."

조완희는 자신도 모르겠다는 듯 어깨를 슬쩍 들어올렸다.

"그건 그렇다고 치고. 이게 진실인지 함정인지 모르겠단 말이지."

박현은 미랑을 쳐다보았다.

"지, 진짜예요. 이유는 모르겠지만 고 장로와 강 장로께서 당……, 박현 님을 뵙고 싶어 해요."

미랑은 심상치 않은 박현의 눈빛에 빠르게 대답했다.

"팔미호면 도력이 높지?"

박현이 조완희에게 물었다.

"그렇지."

"그러면 최면으로 진실을 듣기 힘들겠지?"

"쉽지는 않지."

"내단을 깨면?"

"내단?"

조완희는 눈을 살짝 크게 뜨며 미랑을 쳐다보았다.

그 말에 미랑의 얼굴이 하얗다 못해 창백하게 질려 있었다.

"그러면 확실하기는 한데……."

"그러면 깨자."

박현이 자리에서 일어나 미랑을 향해 손을 뻗었다.

쿵!

미랑이 재빨리 무릎을 꿇고 바닥에 바싹 엎드렸다.

"바, 받겠습니다. 조 박수의 부적을 받아들일게요. 제발
목숨만은……, 아니 내단만은……."

미랑은 몸을 부르르 떨며 애원했다.

내단이 깨어진다는 것은 수백 년의 공덕이 사라진다는 뜻
이고, 그녀는 다시 하잘것없는 여우로 돌아간다는 의미다.

"흠."

박현은 바닥에 엎드린 미랑을 내려다보았다.

"그래야. 내단까지 깰 필요는 없잖아야."

그 말에 실낱같은 희망이라도 얻은 걸까.

미랑은 번개처럼 조완희에게 달려가 바짓가랑이를 잡고
늘어졌다.

"조 박수. 부적, 부적 줘. 어서! 나에게 부적을……."

조완희는 황당하게 그녀를 쳐다보다가 박현을 쳐다보았
다.

"굳이 내단까지 깨지 말고 확실해질 때까지는 지켜볼 수
있게 끈으로 이어놓는 게 좋지 않을까?"

조완희가 말을 꺼내고.

"그래야. 가끔……."

서기원이 잠시 고개를 갸웃거리더니 그의 말을 거들었다.

"조금 자주 남자 등골을 뽑아먹었어도 착한 애여야. 굳이 죽일 필요는 없어야."

"씨발."

미랑은 결국 낮게 욕을 내뱉고 말았다.

"음?"

서기원의 귀가 그 소리에 팔랑였다.

"이 잡것의 내단을 매우 쳐야!"

서기원은 미랑을 가리키며 소리를 버럭 질렀다.

"그게 편하기는 하지."

심드렁한 박현의 대답.

"켁!"

미랑은 심장이 뚝 떨어지는 느낌과 온몸에 핏기가 사라지는 냉기에 혼절하고 말았다.

"헐!"

서기원은 화들짝 놀라 미랑에게 달려가 그녀의 몸을 마구 흔들었다.

"정신 차려야! 미랑아, 농담이여야. 농담!"

"에라이."

딱!

조완희는 서기원의 뒤통수를 후려쳤다.

"농담할 때를 구분도 못 하냐?"

조완희는 한숨을 푹 내쉬며 박현을 쳐다보았다.

"어떻게 하냐?"

"정신을 잃으면 안 되나?"

"맨 정신보다야 확실히 쉽기는 하지."

"그럼 해. 그리고 그 말이 사실이면 보내주고."

"그래, 알았다."

조완희는 미랑을 어깨에 걸치고 자리에서 일어났다.

"너도 일어나!"

조완희는 서기원의 엉덩이를 뻥 찬 뒤, 그의 귀를 잡아당겼다.

"완희야."

"왜?"

"일어나면 유리창 값 받아놔."

"헐."

박현의 말에 조완희는 어이없다는 표정을 지으며 거실을 나갔다.

"아, 아! 아파야!"

그렇게 서기원은 귀를 잡고 깨금발을 뛰며 조완희에게 끌려 나갔다.

모두가 나가고.

홀로 남은 박현은 술잔을 들며 깨진 거실 유리창 너머 밤 하늘을 쳐다보았다.

"반목이라. 재미있군."

박현은 단숨에 술잔을 비웠다.

〈다음 권에 계속〉

*용어

1) 불가사리(不可殺이): 불가(不可)살(殺)이, 혹은 불
(火)가살(可殺)이. 사자의 머리에 코끼리 코, 범의 꼬
리, 그리고 곰의 몸에 털은 짧을 가지고 있다. 쇠를 먹
으며 그렇기에 몸이 쇳덩이처럼 단단하고, 털은 바늘
처럼 뾰족하다.

2) 삼두일족응(三頭一足鷹): 세 개의 머리를 가진 매
의 모습에 다리가 하나. 매우 사나운 부리와 칼처럼 날
카로운 발톱을 가졌다. 큰 날개를 가지고 있으며 꼬리
는 주술적 힘을 상징한다.